KB075895

양자오(楊照)

중화권을 대표하는 인문학자. 타이완대학교 사학과를 졸업하고
미국 하버드대학교에서 역사학을 공부했다. 백여 권이 넘는
책을 썼고, 『타임』이 선정한 아시아 최고의 서점 청핀(誠品)에서
10년 넘게 교양 강의를 하고 있다. 소설가로서 여러 권의
문예평론집을 썼고, 라디오 프로그램에서 좋은 책을 소개하며
꾸준히 대중과 소통하는 진행자이기도 하다. 『이야기하는 법』과
『추리소설 읽는 법』 등을 썼고 동서양 고전을 일반 독자의 눈높이에
맞춘 저술로 독자와 텍스트를 잇는 가교 역할을 하고 있다.
시에서 '내 것보다 더 내 것 같은 시인의 언어'를 만났다는 선생은
이 책에서 시의 필요를 역설하고 시에 대한 마음을 고스란히
드러낸다.

김택규

중국 현대문학 박사이자 번역가. 중국 현대소설 시리즈
'묘보설림'을 기획했고 『논어를 읽다』를 포함하여 양자오 선생의
중국 고전 강의 시리즈 대부분을 번역했다.
『번역가 되는 법』과 『번역가 K가 사는 법』 『번역의 말들』을 썼고
『아Q정전』 『나 제왕의 생애』 등 60여 편의 문학 작품을 옮겼다.

교양으로서의 시

現代詩完全手冊

楊照 著

© 2016 Yang Zhao

Korean translation © 2024 UUPRESS

Korean translation rights arranged with Yang Zhao

through The Institute of Sino-Korean Culture.

교양으로서의 시

당신은 어느 날 그 시를 찾을 것이다

양자오 지음
김택규 옮김

유유

들어가는 말
호기심 많고 만족을 모르는 영혼들에게

내가 시를 좋아하는 건 성장기에 느꼈던 감정과 관련이 있다. 열몇 살 때 우연히 시를 접하고 시를 따라 스스로의 불안과 혼란을 들여다본 건 내게 너무나 큰 행운이었다. 시는 내게 자신의 내적인 불안을 인정하길 거부하지 말라고, 또 일부러 자신의 내적인 혼란을 모른 척하거나 옥죄지도 말라고 가르쳤다. 그리고 나와 다른 사람의 차이를 솔직히 인정하고 다른 사람과 같은 걸 무가치하게 여기는 일종의 젊고 불안정한 태도를 갖게 했다. 더 나아가 내가 시구로 혹은 시구를 어설프게 흉내 내어 스스로 곤혹과 분노와 소외와 이 세계와의 불화를 표현하게 해주었다.

만약 시가 없었다면, 성장기인 열서너 살에 시를 탐독한 경험이 없었다면 당시 내 마음속에 존재했던 고뇌와 반항과 반역이 나를 어디로 데려갔을지 전혀 상상도

할 수 없고 상상할 용기도 없다. 억눌릴 대로 억눌린 미치광이가 되었을까? 아니면 영원히 흉터가 남을 몸부림을 마친 후 사회에 길들여져 평범한 생활과 보통의 사고에 만족하고 살았을까?

나는 언제나 시에 감사하며 살아왔다. 시는 내가 인생에서 길을 찾고 나만의 독특한 불안과 혼란을 똑바로 보게 해 주었으며, 그러면서도 어떤 방법을 찾아 아주 심할 때는 파괴적이기까지 한 그 불안 혹은 혼란과 원활히 함께할 수 있게 해 주었다. 그렇다. 다른 사람이 어떻게 보든 상관없이 난 가장 훌륭한 시는 확고한 모더니티와 모던한 정신을 갖춘 시이며, 그런 시는 인간을 구원하고 또 당연하게 '정상적인' 삶을 사는 게 불가능한 소수의 인간까지 구원할 수 있다고 진심으로 믿는다.

내가 시에 관한 책을 쓸 마음이 들었던 건 한참 전인 1996년이다. 어느 가을밤, 타이완대 철학과에 강연을 하러 갔다. 왜 갔는지, 가서 무슨 강연을 했는지는 벌써 잊었지만 강연을 마친 후 대략 1시간이 더 지나서야 강연장을 나선 건 기억한다. 난 한 무리의 청년들이 쏟아내는, 반짝이면서도 침울한 눈빛과 직설적이면서도 에두르는 질문에 포위되어 있었다. 그들이 누구인지는 몰랐지만 나는 알아볼 수 있었다. 그들은 마음속에 자신과 이 세상에 대한 갖가지 호기심과 의혹이 꽉 차 있었다. 그들은 바로 당연하게 '정상적인' 삶을 사는 게 불가능한 그 소수의 인간이었다.

밤이 깊어 캠퍼스를 빠져나올 때 내 손에는 청년들이 건넨 편지 뭉치가 쥐여 있었다. 나의 중고 위룽303*을 찾고 나서 운전석에 앉아 실내등을 켰다. 그리고 희미한 불빛 아래 열몇 통에서 스무 통의 편지를 하나하나 뜯어보았다. 그때는 아직 사람들이 편지를 쓰던 시대였다. 아직은 다들 편지에 진실한 글을 쓰는 데 익숙했고 무엇보다도 편지로 다양한 감정을 표현하곤 했다. 그 편지 대부분이 내 마음을 무겁게 했다. 그들은 나의 『길 잃은 시』**를 읽은 적이 있어서 황당하고 반항적이었던 내 고등학교 시절뿐만 아니라 과거 나의 사색과 이상까지 다 알고 있었다. 그래서 자신의 성장 과정이 나와 비슷하거나 다르다는 걸 내게 조급히 알려 주려 했다. 거의 모든 편지에 교육 체제와 사회에 대한 갖가지 불만과 의문이 나타나 있어서 그들의 삶이 행복하지 못하고 자유롭지도 못하다는 게 똑똑히 느껴졌다. 그들은 그런 내용을 한 글자 한 글자 꾹꾹 눌러서 내게 보여 주려 했으며, 나

---

* 타이완의 자동차 메이커.
** 1996년 6월 렌허문학(聯合文學)에서 출간된 양자오의 산문집.

는 그들이 그토록 나를 믿어 줘서 감동했다. 하지만 그들이 전해 준 삶의 무게에 조금 어쩔 줄 모르기도 했다.

그런 기분일 때 다행히 편지 뭉치 속 마지막 편지 한 통을 읽었다. 고등학교 1학년 여학생이 쓴 것이었는데, 이런 말이 있었다.

"며칠 전 환경 미화를 하고 있는데 시간이 너무 늦어서 학교에서 모르고 불을 껐어요. 저는 할 수 없이 어둠 속에서 보이지도 않는 하늘색 종이 위에 초록색 작은 별을 하나하나 붙였죠. 너무 만족스러웠어요!"

돌연 눈앞이 환해지는 걸 느꼈다. 그것은 시였다. 게다가 내게 가장 훌륭하고 가장 알맞은 암시였다.

그들이, 성장 과정에서 불안하고 혼란했던 그 영혼들이 내게 바란 건 어떤 답을 주는 게 아니라 그들이 어두운 하늘에 애써 별을 더 붙일 수 있게 돕는 것이었다. 이마에서 고된 땀방울이 땅 위에 뚝뚝 떨어지고 눈가에 고통의 눈물이 고일 때, 그들은 적어도 하늘 가득한 별이 영원히 꺼지지 않을 것처럼 반짝이는 걸 봐야만 외로워도 끝까지 노력할 수 있었다. 이때 내가 해야 하고 할 수 있는 역할은 별을 붙이는 사람이었다. 혹은 구름과 안개를 흩뜨려 더 많은 별이 보이게끔 하는 사람이었다.

내가 갖고 있던 가장 값진 별은 바로 지난날 시를 읽은 경험이었고 또 시에서 얻은 깨달음과 위안이었다. 나는 그것을 글로 써야 했다. 일찍이 여러 시와 시인이 나와 함께 성장의 난관을 넘어 준 것에 감사를 표하기 위해, 그때의 나와 똑같이 성장의 난관에 빠진 사람들을 위해 그래야 했다.

몇 년 후인 2001년, 『중국시보』中國時報 문화면에 매주 칼럼을 쓸 기회가 생겨 여러 각도에서 시를 이야기하는 글을 한 편씩 써 나가며 그 생각을 실행에 옮겼다. 내가 현실에서 각종 형식으로 받은 질문에 대해 직접적이거나 우회적이거나 열정적이거나 냉정한 방식으로 답하고자 했다. 칼럼이 매주 신문에 실리면서 금세 훨씬 더 많은 질문을 받았고 덕분에 내 사유는 더 깊고 넓어졌다.

길을 잃고 방황하는, 호기심 많고 만족을 모르는 영혼들을 위해 이 책을 썼다. 그들에게 시를 소개하여 그들이 시를 통해 자신을 찾고 이 세상과 함께할 수 있는 새로운 경로도 찾을 수 있기를 바란다.

1장

시에 대한 물음에 답하다

어느 날 그 시를 찾을 것이다

시가 있는 이유는, 시를 찾는 여정이 시작되는 이유는 바로 일반적인 방식으로 기록하고 남길 수 없는 너무나 많은 정보와 느낌이 우리 삶에 존재하기 때문이다. 시는 존재하면서도 존재하지 않는 일종의 특수한 형식적 의의를 갖추고 있어서 다른 형식들이 효과가 없고 무용할 때 우리는 비로소 시에 도움을 청한다.

물론 이건 나만의 편견, 구제 불능의 편견이다. 내가 보기에 갖가지 다양한 장르를 일렬로 세우면 한 장르 뒤에 다른 장르가 있고 각각 고정된 순서, 고정된 기능과 제한이 눈에 띈다. 평이하고 직접적인 일상 언어와 일반적인 매체 보도로는 포착할 수 없는 것을 포착하려 할 때 우리는 문학적 언어에 의존하고, 사유와 느낌을 모색하는 산문에 의존한다. 그러다 산문도 필요한 의미를 충분히 담아내는 도구가 돼 주지 못하면 할 수 없이 허구의 소설에 도움을 요청해 색다르고 다채로운 서술의 목소리를 빌려 자신에게 더 큰 공간을 마련해 주고자 한다. 만일 소설조차 힘을 못 쓴다면? 다행히 우리에게는 시가 남아 있다.

　시의 가장 다른 점은 직접적으로 이야기하지 않는 데에 있다. 시는 이야기하지 않음으로써 이야기한다. 그래서 이야기하면 바로 파괴되고 말 경험과 심정을 보존할 수 있다. 존재하지 않는 것으로 존재하는 것을 표현하는 건 때로 존재의 가장 깊은 곳에 가까이 갈 수 있는, 가장 우회적이면서도 유일한 길이다. 이와 관련해 카프카가 쓴 우화를 한 편 떠올릴 수 있다. 어느 황량하고 기묘한 아침에 무엇 때문인지 급히 길을 가다가 길가의 경찰에게 시간을 묻는, 꿈인 듯도 하고 아닌 듯도 한 이야기다.

　시와 가장 가까운 건 이성에 의문을 제시하는 철학이다. 예컨대 장자처럼 꿈에서 나비를 보고 잠에서 깼지만 깬 후에 자기가 본래 나비인데 지금 사람이 된 꿈을 꾸는 게 아닌지 의심스러워하는 철학이다.

　시가 하나의 장르 형식으로서 존재하는 것과 존재하지 않는 것 사이에 있는 데에는 또 다른 이유가 있다. 바로 시와 관련된 기이한 결핍감이다. 실제로 구체적이

고 자구와 자구, 행과 행이 정연하게 연결된 시는 우리가
밤낮으로 찾아 헤매는, 존재해야 마땅한 상상의 시보다
훨씬 적다. 우리는 하루하루 살면서 산문이나 소설이 모
자라다고 느끼는 일은 없다. 하지만 어떤 내적인 공허와
갈증을 만날 때마다 한 편이나 한 구절의 시가 있어야 한
다고 느낀다.

왜 그런가 하면 나에게 시는 이미 완성된 작품의 나
열이 아니라 끝나지도 중단되지도 않는 탐색이기 때문
이다. 위로는 하늘, 아래로는 황천까지 이 시공간의 특정
지점에 새겨 넣기 가장 적합한 시를 오매불망 찾아내려
한다.

그래서 유일한 시란 있을 수 없다. 그토록 방대한 공
허와 갈증에 대응할 수 있는, 이미 다 쓰인 한 편의 시는
존재하지 않는다. 내 삶에 유일한 시가 있느냐고 누가 묻
는다면 난 솔직히 없다고 답할 수밖에 없다. 언제나 난
시가 만들거나 이끌어 낸 방대한 공허와 갈증 속에 살면
서 결코 만족해 본 적이 없기 때문이다.

심지어 만족할까 봐 두려워하기까지 한다.

얼마 전 물난리가 난 해변에 다녀왔다. 도로가 무너
지고 누런 진흙이 다 노출된 광경 외에도 해안으로 밀려

온 유목流木 더미가 자주 눈에 띄었다. 그 황폐함과 위험함 나아가 인간과 대자연의 공존에 관한 성찰을 어떻게 묘사하고 서술할지, 또 어떤 논리로 교훈을 남길지 난 알고 있었다. 그리고 문득 그 유목을 통해 시가 나를 강력히 소환하는 걸 느꼈다.

시 한 편, 적어도 한 구절로 유목과 우리의 관계를 드러내야 했다. 어떤 시가 될지는 잘 몰랐다. 그래도 뤄푸洛浦*가 쓴 다음의 「떠도는 나무」 같은 시일 리는 없었다.

(……)
이 나뭇조각은
이미 오늘의 옳음이 아니고
어제의 그름도 아니다
머지않아 썩어 버릴
단순하기 그지없는 나뭇조각, 한때는 밤마다
거울을 쥐고 스스로를 비춰 보며
대들보가 될 꿈을 꿨지만
나이테를 쫓다 끝내 시간 밖에서 길을 잃은
나뭇조각

* 세계 중국어 시단의 태두로서 노벨문학상 후보로 지명된 바 있는 타이완의 시인. 대표 시집으로 『석실의 죽음』『어제의 뱀』 등이 있다.

24

아마 무라카미 하루키의 「다리미가 있는 풍경」에 나오는 '자유의 불'과 다소 비슷할 것 같았다. 유목이 타는 불은 가스 난로의 불, 라이터의 불, 일반적인 모닥불과 다르다. 자유로운 장소에서 타오르는 자유로운 형상의 불이며 자유로운 까닭에 불을 지켜보는 사람의 심정을 반영해 나타낼 수 있다.

유목이 타는 불에서 유목의 자유를 구상해 냈다. 이렇게 해서 그 해변에서의 내 심정과 딱 맞아떨어지는 시를 가질 수 있게 되었다. 난 이런 식으로 생각하고 탐색한다. 그러다가 어느 날 그 시를 찾을 것이다. 물론 영원히 못 찾을 수도 있다.

삶의 단편에서 발견하는 시

당신은 내게 묻는다. 시인은 어디에서 시의 영감을 얻죠? 어떤 정경과 경험을 시로 표현할 수 있을지 어떻게 알죠? 설마 시가 무기력한 순간을 잘못 택하거나 발견할 일은 없겠죠? 시를 다 쓰고 나서 괜히 썼다고, 진짜써야 했던 건 소설이나 더 직접적인 편지였다고 깨달을수도 있나요? 더 심하게는 어느 순간, 가슴이 찢어지게아픈 순간에 시를 쓰더라도, 그것도 아주 좋은 시를 쓰더라도 아무 소용이 없다고 깨달을 수도 있나요?

나는 당신의 질문에 답할 수 없다. 왜냐하면 그 질문 속에 대단히 깊은 좌절이 숨어 있기 때문이다. 아마다른 누구도 답하기 힘들 것이다. 하지만 난 적어도 가장 성실한 방식으로 당신의 좌절에 가까이 가 볼 수는있다.

나는 늘 수많은 삶의 단편 속에서 시의 빛을 발견한다. 시의 빛은 아름답고 낭만적이지만은 않다. 그건 때로 바닥이 안 보일 만큼 깊디깊은 까만색이다. 또 완전히 채도가 낮을 수도 있고 형용하기 힘들 정도로 어두울 수도 있다.

　　예를 들어 보겠다. 며칠 전 아는 여성인 T가 내게 자신의 경험을 얘기해 주었다. 그녀는 갑자기 한 남자에게 반한 걸 깨달았다. 그 남자는 그녀와 쭉 같은 사무실에서 일했지만 별로 교류가 없던 동료 P였다. 그 깨달음은 너무나 이상하고 급작스럽게 다가왔다.

　　일고여덟 명의 동료가 주말에 생일 모임을 마친 후 함께 해변에 놀러 갔다. 사전 준비도 안 했고 날씨도 별로여서 그저 맨발로 모래사장을 거닐었다. T는 파도가 그렇게 신기하고 복잡한 힘의 조합인지 처음 알았다. 멀리서는 출렁이는 파도가 높고 세차 보였는데 바닷가에 와 보니 그렇게 강력한 것 같지 않았다. 앞 파도가 물러나며 힘이 상쇄돼서일 수도 있고 암초에 부딪혀서일 수도 있으며 스스로 바닷속 한 지점에 신비한 소용돌이를 형성해 힘의 방향이 바뀌어서일 수도 있었다.

　　모래사장에 서서 T와 다른 동료들은 파도가 어디까지 밀려 들어오는지 알아맞히는 게임을 했다. 파도가 물러갔을 때 서 있을 위치를 정한 뒤, 다음 파도가 들이

닥치면 옷이 젖어도 제자리에서 꼼짝 않는 게 룰이었다. T는 파도가 밀려드는 거리를 단 한 번도 못 맞혔다. 너무 멀리 서 있어서 웃음거리가 되는가 하면, 너무 앞에 섰다가 바지가 젖고 얼굴까지 물방울이 튀었다.

한동안 놀고 나서 T는 문득 P의 판단력이 완벽에 가깝다는 걸 발견했다. P는 거의 매번 파도가 멈추는 지점에 정확히 서 있었다. 그래서 이미 흩어진 거품이 살짝 발바닥에 묻을 뿐이었다. 이때 그녀는 자기 혼자만 P의 그런 능력에 주목했음을 깨달았다. 열띤 게임 중이니 그런 일에 신경 쓰면 안 되는데도 말이다. 그런데 T는 신경이 쓰였고 나아가 스스로 억제할 수 없을 만큼 P의 판단력이 부러웠으며 다른 사람들이 그를 찬양하지 않아 마음이 아팠다.

그제야 그녀는 자기가 P에게 반한 걸 깨달았다. 더구나 진작부터 몰래 좋아하고 있었는지도 몰랐다. 그저 자신조차 몰랐을 뿐. 그 갑작스러운 깨달음에 당황해 그녀는 어쩔 줄을 몰랐다.

돌아오는 길에 그녀는 P와 같은 차를 탔다. 전화벨이 울리자 P가 전화를 받았다. 그는 무슨 관계인지 전혀 짐작할 수 없는 사람과 가벼운 대화를 나눴다. 그녀는

P가 해변에 갔던 일을 이야기하는 걸 들었다. P는 바다의 소리를 흉내 내 상대방에게 들려주었다. 그 소리는 너무나 오묘했다. 너무나 정교해서 다른 사람은 시도조차 할 수 없는 예술 같았다. P는 각종 음계와 음량의 리듬을 재현해 냈다. 고요한 바닷물이 파도가 되어 바닷가에 들이닥칠 때는 무수한 작은 돌멩이와 가는 모래가 동시에 기고 굴러서 마치 온 세상의 개미가 함께 이사하는 듯했다. 또 작디작은 거품이 순식간에 생겼다가 한꺼번에 터져 사라질 때는 온 세상의 바늘이 함께 공기를 살짝 찌르는 듯했다.

그녀는 누가 그렇게 바다의 소리를 흉내 내는 걸 들어 본 적이 없었다. 아무 대비도 없이 그녀의 눈에서 눈물이 왈칵 쏟아졌다. 그녀는 자신을 주체할 수 없어 사람들 앞에서 그렇게 어색하게 슬픔에 젖었다.

T의 이야기를 듣자마자 난 불쑥 시상이 떠올랐다. 존재해야 마땅한 시 한 편이 은밀히 모습을 갖춰 갔다. 그녀의 사랑과 바다와 슬픔을 포착하고 전달할 수 있는 시, 존재해야 하지만 난 쓸 수 없고 T도 쓸 수 없는 시였다.

존재해야 하지만 실제로 쓸 수는 없는 시. 시를 써

낼 방법이 없어도 그 순간에 해가 되지는 않고, 절대적인 시상이 분출하는 의미가 이 세상의 사실을 부정하지도 않는 시. 시상 그 자체가 이 세상 존재의 일부인 시. 이것이야말로 부인할 수 없고 박탈할 수 없는 핵심이다.

　당신은 내 말이 이해가 가는가?

가장 심오하고 아름다운 보고

북극권 주변의 가장 추운 국가로 밤이 어둡고 긴 아이슬 란드의 개국 서사시에는 오디라는 사람의 이야기가 담겨 있다.

　　어느 밤 오디는 시를 쓰는 꿈을 꾸었다. 깨어난 후 다시 잠이 오지 않아 그는 밖에 나가서 아름다운 밤하늘 (우리는 그 북쪽 나라의 독특한 하늘을 상상할 수 있다. 별이 얼마나 많은지 '북적이다' '소란스럽다' 같은 단어로 묘사해야 할 것만 같다. 마치 폭죽 10여 개가 한꺼번에 터진 후 그 불꽃 하나하나가 어떤 신비한 힘에 의해 굳어 정체된 시간 속에 고정된 듯하다. 또 주변은 너무나 고요하고 춥다)을 구경한다. 그러다가 꿈속에서 봤던 것이 하나하나 떠오른다. 어디서, 왜 시를 쓰기로 했는지, 무슨 펜으로 어떤 종이에 썼는지까지 다 생각났다. 그런데 딱 한 가지 빠진 게 있었다. 별이 그를 향해 수억 번 눈을 깜박이는데도 떠오르지 않은 그건 바로 그 시 자체였다. 꿈속에서 분명히 시를 완성했는데, 자기가 뭘 썼는지 도무지 기억이 나지 않았고 그 후로도 알 수 없었다.

프로이트가 『꿈의 해석』에서 제시한 방법을 사용하면 우리는 아마도 그 꿈이 자기가 시를 쓸 수 있는지 없는지, 또 시를 쓸 자격이 있는지에 대한 시인의 염려가 반영된 것이라고 말할 수 있다. 또 꿈에서 깬 후 시 쓰기 과정과 관련된 일이 다 기억난 건 오디가 의식적으로 또 주관적으로 시 쓰기에 대해 많은, 심지어 필요 이상의 준비가 돼 있었음을 말해 준다. 하지만 결과적으로 시는 여전히 헤아리기 어려워서 마지막에 뭘 얻었는지도 확인할 수 없었다. 시를 이해하고 포착하는 건 환영 같기도 하고 허공에서 반짝이는 별 같기도 했다.

오디가 꿈속에서 쓴 시를 기억하지 못한 데에는 두 가지 이유가 있었다. 첫째, 그는 그 시를 완성하지 못할까 봐, 또 실제로 좋은 시가 아닐까 봐 두려웠다. 둘째, 그는 차라리 잊고 다음과 같은 흔적을, 자기 위안의 증거를 남기고자 했다. "나는 전에 위대한 걸작 시를 쓴 적이 있다. 그 시는 꿈속에, 내 머릿속과 몸속의 가장 심오하고 아름다운 곳에 남아 언제 다시 불쑥 나타날지 모른다."

시를 쓰거나 읽는 사람은 모두 내면에 그런 가장 심

오하고 아름다운 보고가 있다. 거기에서 보고는 누군가 한 걸음 한 걸음 탐색하며 보물 지도를 그려 내기를 기다린다. 꿈속에, 잠재의식 속에 이미 쓰고 읽어 본 수많은 시가 담긴 그 보고가 있기에 우리는 시와 마주쳤을 때 그 시가 좋은 시인지 나쁜 시인지, 자기가 원하는 시인지 아닌지 판단할 수 있다.

시에 대한 판단은 특히나 형식적으로 단순한 시일수록 이성과 지식의 설명에 의존할 수 없다. 다른 정보나 경험과 달리, 수많은 시를 읽어 온 사람이라고 해서 시를 잘 읽을 것 같지는 않고 시를 잘 쓰는 건 더더욱 불가능해 보인다. 우리는 눈앞의 시를 전에 읽었던 다른 시와 비교해 판단하지 않는다. 시를 판단할 때 주로 의존하는 건 심오하고 아름다운 그 보고에 있는, 떠오르지 않는 꿈속의 시, 잠재의식 속 시와의 비교다.

그러면 보고에 있는 시는 도대체 존재하는 걸까, 존재하지 않는 걸까? 오디는 꿈속에서 도대체 그 떠오르지 않는 시를 쓴 걸까, 쓰지 않은 걸까?

존재하면서도 존재하지 않고, 썼지만 쓰지 않았다. 그 시는 밖으로 꺼내 명확한 자구로 배열하여 시로 만드는 게 불가능하다는 의미에서는 결코 존재하지 않는다.

오디 자신조차 기억하지 못하니 다른 사람은 더더욱 그 시가 정말 쓰인 것을 볼 수 없었다. 하지만 쓰인 적 없는 그 존재하지 않는 시는 심리적 효과가 있어서 우리의 감정에 깊은 자국을 남긴다. 우리는 시가 그런 농축된 정서적 반응을, 환희와 슬픔과 열정과 실의를 남길 수 있고 또 남겨야 한다는 걸 안다. 그다음에는 시가 그렇게 높은 순도의 정서적 경험을 가져다준 것에 조응해 우리 내면에서 '이거로군!' 하고 작은 울림을 들을 수 있다. 이런 의미로 보면 꿈속의 시는 쓰인 적이 있고 존재하기도 한다.

마음속에 이런 심오하면서도 아름다운 보고를 가진 사람이 시 애호가가 된다. 시인은 못 참고 그 보고가 있는 곳을 찾아 나선 사람이다. 그들은 가는 길에 각양각색의 단서를 수집하고 계속 자료를 모아 보물 지도를 그려낸다. 그들이 발굴하고 묘사한 보물의 모양이 작품이 되어 구체적으로 백지 위 까만 글씨로 적힌다.

좋은 시인은 보고를 찾아 그 안에 있는 꿈속의 시를 베껴 써낸다. 그리고 위대한 시인은 보고를 찾는 걸 넘어 오디가 올려다봤던 아이슬란드의 밤하늘 속 별빛만큼이나 많고 빛나는 꿈속의 시를 자기 보고 안에 모아 둔다.

답이 없는 문제를 마주한 사람들

삶을 긍정하고 삶에 대해 명확한 관점과 견해를 가진 사람에게는 시가 필요 없고 시에서 그리 많은 깨달음을 얻지 못할 것이다. 시는 기본 형식이 애매하고 우유부단한 면이 있으며 긍정과 부정 사이에서 서성이곤 한다.

시인이 받는 오해에 대해 억울함을 호소할 때 예이츠는 특별히 세 부류의 사람 즉 은행원, 교사, 성직자를 거론하며 시가 무엇인지, 시인의 노력이 어떤 것인지에 대해 그들이 가장 이해도가 떨어진다고 말했다. 은행원과 성직자는 모두 단일한 가치와 신념을 가진 사람이다. 은행원이 세상을 보고 평가하는 기준은 돈이며 성직자에게는 하느님과 교리문답이다. 그렇다면 교사는? 교사는 어째서 은행원, 성직자와 함께 예이츠가 분노하는 대상이 되었을까?

왜냐하면 교사의 일이 언제나 시비가 분명하고 흑백을 가르는 답을 제공하는 것이기 때문이다. 그들이 내는 시험문제는 각각 표준 답안이 있게 마련이다. 그렇지 않으면 어떻게 점수를 매기겠는가. 교사의 사명과 직분은 곧 표준 답안을 찾아 학생에게 주입하는 것이다. 그러나 시와 표준 답안은 어떤 경우에도 서로 병립하기 어려운 철천지원수라고 할 수 있다. 교사의 관점으로 보면 당연히 누군가 계속 혼란을 조장하고, 기존 질서를 파괴하고, 모순된 담론을 이야기하는 걸 이해하거나 마음에 들어할 수 없는 노릇이다.

교사가 시인을 좋아하지 않고 양해하지 못하는 또 하나의 이유는 바로 시인의 작품이 그들을 어리둥절하게 해 세계의 해석자, 적어도 언어 문자의 해석자로서의 권위에 도전하기 때문일 것이다. 성장 과정에서 세계에 대한 우리의 인식은 교사의 해석에 너무나 많이 의존한다! 그런데 시와 맞닥뜨리면 교사는 종종 유능하고 권위적인 해석자의 역할을 더는 수행하지 못하곤 한다. 그들은 시 앞에서 비틀거리고 말을 더듬어서, 때로는 학생이 그들보다 더 시에 익숙하고 시를 잘 아는 장면이 연출되기도 한다.

그건 청소년이 자신의 세계에 가득한 불확정적인 것을 미처 그토록 많은 규율과 규칙에 따라 자신의 일부로 바꾸지 못했기 때문이다. 시와 접촉할 때 그들은 종종 시와 친화적인 본능으로 시 안에 숨겨진 시인의 애매모호함과 망설임을 느끼고 그것에 호응한다.

교사는 이런 상황을 잘 받아들이지 못한다. 평소에 교사가 해석해 주기만 기다리던 아이들이 뭘 근거로 시에 감춰진 신비한 정보를 간파하고 언명할 수 있단 말인가. 더군다나 시에서 뭘 얻고 뭘 읽어 냈는지 추궁하면 아이들은 보통 정확히 얘기하지 못한다. 그들은 단지 신비하고 솔직하게 시에 이끌려 교사가 보기에는 정말 별것 없는 듯한 시를 한 행 한 행 또 한 편 한 편 파고들 뿐이다.

시인과 교사가 서로 대립하고 적대시하는 건 사실 인생의 문제와 답 사이의 영원히 화해할 수 없는 충돌 때문이다. 하지만 교사라고 해서 설마 시에 끌리고 시가 필요한 순간이 전혀 없을까?

당연히 있다. 특히 젊은 교사는 답을 제공하는 자신의 임무를 아무리 진지하게 대하려 해도 사랑이 찾아들어 방해하기 일쑤다. 사랑은 그에게 심한 곤혹과 심각한 상실감 그리고 해결하기 어려운 불안감을 가져온다.

사랑이 찾아오면 모든 게 의심스러워진다. 가장 기본적으로 모든 의미의 고정점이 흔들린다. 그의 미소가 의미 있을까? 그녀가 나 때문에 눈썹을 찌푸린 걸까? 그는 나를 사랑하나? 그녀는 아직 나를 사랑하나? 이렇게 사랑을 표현해도 될까? 그가 놀라 달아나지는 않을까? 나에 대한 그녀의 사랑은 진실한가? 그는 그녀보다 나를 더 많이 사랑할까? 그녀는 그보다 나를 더 깊이 사랑할까? 만약 그의 사랑을 잃으면 사는 게 의미 있을까? 만약 그녀가 내 사랑을 받고 싶어 하지 않으면 또 어디서 빛을 찾을 수 있을까?

사랑은 본래 일련의 문제다. 답을 찾을 수 없는 문제. 혹시 한 가지 답이 떠오른다 해도 반드시 더 많은 문제가 즉시 생겨난다. 사랑이 사람을 홀리고 괴롭히는 까닭은 사랑에는 늘 문제가 따른다는 데 있다. 문제가 다 해결되어 새로운 문제와 새로운 불안감이 더는 없으면 사랑도 곧 사라질 것이다.

그래서 시의 전통을 보면 어떤 시대 어떤 장소에서든 항상 연애시가 주류를 이룬다. 그래서 교사가 창고 가득 준비해 놓은 표준 답안에서는 사랑의 문제를 풀어 줄 답을 찾을 수 없다. 사랑 앞에서는 교사도 표준 답안에 대한 믿음과 고집을 내려놓고 시와 시인에게 의지해야 한다.

시인은 타고나는 걸까?

시인은 온갖 방법을 궁리해 하느님의 에덴동산에서 아름다운 것을 훔쳐 오려 한다. 이것이 시인이 하는 일이다. 만약 써낸 시구가 하느님의 솜씨 같지 않으면 시인은 실패한 것이다.

윌리엄 버틀러 예이츠가 쓴 「아담의 저주」라는 시의 첫 부분을 살펴보자.

여름이 끝날 무렵 우리는 자리를 함께했다
당신의 좋은 친구인 그 아름답고 부드러운 여자와
당신 그리고 나는 시에 관해 이야기했다
난 말했다, 시 한 행에 여러 시간이 걸리는 일도 있죠
하지만 순간적인 생각처럼 보이지 않으면
꿰맸다 풀었다 하는 그 일은 아무것도 아닌 게 되죠
차라리 두 무릎을 꿇고
부엌 바닥을 닦거나 늙은 거지처럼

비가 오든 눈이 오든 돌을 깨는 게 낫죠
아름다운 소리들을 함께 엮어 내는 게
그 어떤 일보다 더 어려운 일인데도
순교자들이 세상이라고 부르는
은행원, 교사, 성직자 같은 시끄러운 패거리에겐
그저 놈팡이로 여겨지겠죠

이것은 시인이 세속적인 세상을 향해 내뱉는 불평의 소리다. 시에서 우리는 예이츠가 시인이 사람들에게 '놈팡이' 취급을 받는 걸 가장 싫어했음을 알 수 있다. 심지어 그는 격앙된 어조로 시인이 시구를 짜고 해체하는 (원문은 'stiching and unstiching') 힘든 노고가 무릎 꿇고 부엌 바닥을 닦는 일이나 악천후에도 길가에서 돌을 깨는 일보다 심하다고 과장해 말한다. 이렇게 힘든 일을 하는데도 시인은 왜 아무 보상이나 보장도 못 받고 오히려 할 일 없는 놈팡이 취급을 받을까.

예이츠의 원망과 한탄은 마지막 시구에서도 표현된다. 그는 거기에서 '순교자'라는 말을 사용한다. 순교자는 사람들을 구제해야 할 세상으로 보고 심지어 자신의 생명보다 더 중요하게 여겼다. 하지만 시인의 관점으로 봤을 때 순교자가 신성하게 여긴 이 세상은 저속하다. 너무나 저속해서 시인의 부지런한 노력도 전혀 이해하지 못한다.

그렇다고 우리가 단지 예이츠의 원망과 한탄만 읽어 낸다면 시인의 함정에 빠져 정교한 시행 사이에 깊이 삽입된 암시적 의미를 놓치고 만다. 예이츠는 표면적으로 시인이 세상에서 인정받지 못하는 걸 원망하지만 다른 한편으로 시구 사이에 실마리를 집어넣어 시인의 일이 오해받는 이유를 설명한다.

예이츠가 보기에 그것은 시인이 많은 시간을 들여 "순간적인 생각처럼 보이는" 시 한 행을 쓰고자 하기 때문이다. 바꿔 말해 시인은 부엌 바닥을 닦고 거리에서 돌을 깨는 것보다 더 피곤한 노동을 대가로 치러 가며 수월하고 깔끔하고 자연스러워 보이는 시구를 생각하고 써낸다. 그러면 시인은 이처럼 힘들게 노력한 성과를 언제 어쩔 수 없이 포기할까? 자기가 쓴 시구가 남들에게 부자연스럽고 지나치게 다듬은 듯한 인상을 준다고 느낄 때다. 혹은 조금 과장해서 말하면 자신의 시구가 하느님의 손이 아니라 보통 사람에게서 나온 것 같아 남길 수도 남길 가치도 없을 때다.

시인이 이런 걸 추구하는데 어떻게 그 노력의 오묘함을 안 알아준다고 남을 탓할 수 있겠는가. 사실 우리는 이 모순적인 논리 속에서 시의 제목 '아담의 저주'에 담긴 진정한 의미를 깨닫는다. 이 시의 뒷부분에 나오듯 아담이 받은 저주와 징벌은 바로 에덴동산에서 쫓겨난 후로 "세상의 모든 훌륭한 걸 큰 노력 없이는 손에 넣을 수 없"게 된 것이다. 에덴동산에서 인간은 하느님이 창조한 모든 훌륭한 것을 노력도 대가도 없이 잘 누리고 살았다. 그곳은 천국이자 선경仙境이었다. 에덴동산을 떠난 후에도 인간에게는 자신이 본 그 훌륭한 사물에 대한 기억이 남았다. 하지만 하느님은 더 이상 그것을 무조건 주지는 않았으므로 아담의 자손은 '큰 노력'으로 그것을 모방하고 복제할 수밖에 없었다.

시인은 무엇일까? 시인의 노력은 또 무엇일까? 예이츠의 견해에 따르면 시인은 하느님의 에덴동산에 있는 훌륭한 사물을 어떻게든 훔쳐 오려 한다. 바로 이것이 시인의 직책이다. 만일 자기가 쓴 시가 하느님 손에서 나온 것 같지 않으면 시인은 실패한 것이다. 그런데 각도를 바꿔서 보면 시인이 성공했을 때 그가 쓴 시구는 다듬은 자국 없이 매우 자연스러워 독자가 읽으면 너무나 시원하고 쾌적하다. 하지만 독자는 그걸 시인이 노력으로 만들었다고 생각지 않고 그저 시인의 타고난 재능과 하느님이 그 재능을 시인에게 내려 준 것에만 탄복할 것이다.

노력으로 시인이 될 수 있을까? 이건 정말로 대답하기 어려운 문제인데 내 신념은 예이츠의 견해와 같다. 시인은 당연히 노력해야 한다. 그러나 성공한 시인이 성공하고, 위대한 시인이 위대해진 건 어떠한 노력의 흔적도 보이지 않는 시를 쓰려고 필사적으로 노력했기 때문이다. 시인은 몰래 하느님 역할을 하려 하고 아담을 몰래 에덴동산으로 돌려보내려 한다. 그래서 무엇을 창조하든 어쩔 수 없이 그게 하느님의 하사품인 양 가장한다. 시인은 절반은 어쩔 수 없이, 절반은 자기가 원해서 자신의 노력과 노고에 대한 사람들의 칭찬과 인정을 포기한다.

이러니 우리가 시인은 다 타고난 재능에 의존한다고 생각하는 것도 무리는 아니다.

눈 깜박할 사이에 희소한 황홀함을 맛보다

막스 베버는 현대사회와 공업 문명이 인간을 우울하고 고통스럽게 만드는 근본 요인은 혼란한 도시와 무료하고 반복적인 일 또는 프로이트가 주장한 성적 억압이 아니라 '탈주술화'disenchantment인 것 같다고 콕 집어 말한 바 있다. 과거 시대에 인간을 유혹했던 신화와 제의와 열정과 광기가 현대사회와 공업 문명에서는 더 이상 기능하지 못하기 때문이다.

우리는 너무 깨어 있도록 훈련받았다. 과학적 이성과 어깨를 나란히 한 채 더는 현실 밖의 황홀함을 주는 '고급 형식'의 초월적 경험을 할 수 없다. 신화와 제의와 열정과 광기는 표면적으로는 아직 존재하지만 수준이 많이 떨어졌다. 우리는 그것이 현실도피의 수단임을 잘 알고 있으며 거기에 속임수가 숨어 있을지도 모른다고 의심한다. 이렇게 '잘 알고' '의심하는' 탓에 우리는 옛날 사람처럼 진짜로 신화와 제의와 열정과 광기에 빠지거나 현실과 완전히 다른 감수성을 갖기 어려워졌다.

이를테면 오늘날 우리는 현실의 보이지 않는 주재자에게 "죄송합니다, 좀 쉬고 와야겠어요"라고 말할 권리를 잃었다. 옛날 사람은 여러 방식으로 현실에서 벗어나 이질적인 정신 영역을 드나들면서 휴식과 만족을 얻을 수 있었다. 하지만 우리는 그럴 수 없게 되었다.

'탈주술화'된 사회에서는 성인과 어린이의 세계가 갈수록 분명하게 구분된다. 어린이는 더 이상 성인이 되기 위해 배워 가는 단계에 그치지 않는다. 어린이에게 독자적인 '문화'가 생겼다. '어린이 문화' 안에는 이미 사라진 모든 유혹이 '동화'로 바뀌어 남아 있다. 갈수록 늘어나는, 어린이에게 읽어 주기 위해 쓰인 이야기는 사실 하나같이 어른의 어떤 보상 심리를 반영하고 있다. 이미 흘러가 뒤쫓을 수 없는, 사물이 아직 정연한 이성적 질서를 갖기 전의 그 천진하고 희미한 상태를 몰래 어린이의 백팩에 넣어 주고 싶어 한다.

J. R. R. 톨킨은 대단한 야심을 갖고 『반지의 제왕』을 썼다. '탈주술화'라는 괴수와 정면으로 싸워 현대사회를 '재주술화'할 신화적 힘을 창조해 내려 했다. 그런데 오늘날 『반지의 제왕』의 전편前篇이라 알려진 『호빗』*

---

* 『호빗』은 1937년에, 『반지의 제왕』 시리즈는 1954년에 출판되었다.

은 확실히『반지의 제왕』으로 이어지는 이야기지만 취지가 크게 다르다.『호빗』은 어린이용의 단순한 모험 이야기지만『반지의 제왕』은 어린이에게 천진함을 남겨주는 데 만족하지 않고 성인까지 유혹하려 한 신화 구축 프로젝트다.

그 프로젝트는 장대하지만 험난했다. 톨킨은 16년을 들여 2천 페이지 가까이 쓰고 나서야 20세기에도 성인을 신비한 세계 저편으로 몰래 데려다줄 수 있는 비밀 통로를 완성했다. 사람들을 '재낭만화'하고 미지로 가득한 전前 이성의 숲으로 다시 돌아갈 수 있게 한 것이다.

『반지의 제왕』을 구상하고 쓸 때 톨킨은 사람들이 그 책을 읽으면 "스스로 잠시 불신을 멈추고" 어느 이질적이고 신비로운 존재를 믿으면서 현실 속 피조물 creatures의 지위에서 벗어나 '하위 창조자'sub-creator로 상승하게 될 거라고 특별히 강조했다. 왜냐하면 그가 창조한『반지의 제왕』은 완벽하지도 충분히 복잡하지도 않지만 적어도 현실과는 다른 상상의 세계이기 때문이었다.

이 점에서『반지의 제왕』은 시와 상통한다. 시는 왜 그렇게 다가가기 어렵고 이해하기도 어려울까? 왜냐하면 신비롭기 때문이다. 시는 모든 게 다 투명하고 확실하게 변해 버린 시대에 신비함을 지켜 온, 드러나지도 폭로되지도 않은 힘이다. 시의 형식은 아마도 전위적이지만 시의 이런 정신은 원시적이고 오래된 모종의 보수성을 띠고 있다.

물론 시는 『반지의 제왕』과 다르다. 시가 신비한 경험을 제공하는 방식은 매우 개인적이다. 그리고 시인이 톨킨처럼 그렇게 방대한 이질적 세계를 구축하고 그 문을 활짝 열어 사람들을 불러들이는 건 매우 드물고 어려운 일이다. 톨킨은 우리가 일단 그 세계에 발을 들이면 서사와 신화의 원형적 힘을 동원해 잠시 현실을 잊고 '불신'을 해제할 때까지 우리를 그 안에 깊숙이 빠뜨린다.

시는 상대적으로 작고 침침하며 조용한 화원이다. 매우 높은 담장에 에워싸여 있고 하나뿐인 문은 아주 좁고 찾기 힘들다. 하지만 그 문을 넘는 순간, 겨우 눈 깜박할 사이여도 우리는 유혹적인 과거의 경험 속으로 들어간다. 신화와 제의와 열정과 광기가 가득한, 인류의 집단적인 유년기 기억 속으로 돌아간다. 그리고 눈 깜박할 사이에 희소한 황홀함을 맛본다.

건드릴 수 없는 것을 건드리다

이스라엘 소설가 아하론 아펠펠트는 1940~1950년대 예루살렘에 모여 살았던 유대인 난민에 관해 서술한 바 있다. 그들은 종교 경전을 논의하는 태도와 방식으로 카프카의 작품을 논의했다. 그럼으로써 카프카의 작품에서 모종의 신비하면서도 강한 예시의 힘을 읽어 냈다.

또 유대교 철학자 게르숌 숄렘은 유대교 신비주의의 3대 기둥이 성경과 『조하르』와 카프카의 작품이라고 생각했다. 마르틴 부버도 히브리대학에서 유대인의 죄에 관한 수업을 진행할 때 카프카의 소설을 가장 자주 인용했다.

그들이 보기에 카프카는 하나의 거대한 악몽을 썼고 인간은 영원히 깨어나지 못할 그 악몽 속에 산다고 보았다. 그런데 악몽을 구성하는 기본 요소는 지옥이나 사탄도, 불을 뿜는 용이나 흑마법도 아니었다. 바로 문명의 질서, 겉으로는 우아하고 심오해 보이며 흔히 인류의 아름다운 창조물이라 여겨지는 그것이었다.

1924년 카프카가 죽었을 때 그가 그린 악몽을 읽고 이해한 사람은 몇 명에 불과했다. 우선 그의 작품을 읽어 본 사람이 얼마 안 됐고, 읽어 본 극소수도 그가 그린 꿈의 광경에 놀랐을 뿐 그 기이한 허구를 이해하지 못했다. 또 그것이 우리의 현실 생활과 어떤 관계가 있는지도 몰랐다.

그러다가 1939년이 되었고, 유럽이 전화戰火에 휩싸였으며, 유대인 600만 명이 학살당했다. 갑자기 카프카의 악몽이 보편적으로 증명되었다. 서양 문명의 높은 정신적 물질적 성취 밑에 숨겨진 게 놀랍게도 무시무시한 악이라는 사실이 밝혀졌다. 그 악한 현실을 이성적 논리로 설명하기는 이미 불가능했다. 우화를 빌려 모호하고 은밀하게 드러내야만 했다.

이성 자체가 문명의 성취인 동시에 악을 은폐하고 만연케 한 공범이어서 이성이 추구하는 바는 보통 뚜렷하지 않으며 악과 뒤얽혀 있다. 그래서 우리는 알 듯 말 듯 신비한 카프카식 우화에 의지해야만 말할 수 없지만 호소하지 않을 수 없는 인류의 그 경험을 건드리고 발굴해 낼 수 있다.

바꿔 말하면 하느님의 신비한 화원을 빌려 길로 삼아야만 인간 세상의 저택에 닿을 수 있다는 것이다. 그 화원에 꼭 하느님이 있지는 않으나 더 중요한 건 거기에 인간이 다가갈 수도, 해명할 수도, 고칠 수도 없는 신비가 있다는 점이다. 그 화원은 신비로운 본면모를 드러내고 그것으로 화원을 지나는 사람을 포위해 사고와 감각을 철저히 녹여 버린다. 신비하고 흐릿한 길을 다 지나고 나서야 그는 비로소 본래 자신의 것인 화려한 궁궐과 몇몇 기이하고 견딜 수 없는 흔적을 목격할 수 있다.

누가 시와 도덕의 관계를 거론하며 내게 물었다. 시는 도덕을 초월하나요? 시인은 도덕을 초월하나요? 보들레르나 셸리나 바이런 같은 시인은 자신의 시 덕분에 배덕자가 될 특권을 얻어서 세상 사람들과 역사의 도덕적 심판을 피할 수 있었나요?

이건 상당히 대답하기 어려운 문제다. 왜냐하면 시의 의의 및 시 예술의 본질과 무관한 지엽적인 일과 관련되기 때문이다. 예컨대 만약 보들레르가 그렇게 방종하지 않았다면 『악의 꽃』을 쓸 수 있었을까? 설마 바이런이 자신의 시 스타일을 완성하려고 일부러 아내를 잔혹하게 대하고 딸을 버린 걸까? 이런 것은 묻지 않을 수 없지만 답하기 힘든 유의 파생 문제다.

　　따라서 나는 시 자체의 정신으로 돌아가 그것을 시와 가장 가까운 카프카의 우화와 대비해 볼 수밖에 없다. 시가 발휘하는 기능은 당연히 도덕적 교화가 아니다. 하지만 그렇다고 도덕을 망치는 것도 아니다. 카프카의 우화처럼 시는 건드릴 수 없는 걸 또 다른 시각, 또 다른 방식으로 보려고 시도한다. 그 건드릴 수 없는 건 바로 문명과 이성의 어둡고 은밀한 흐름이다.

　　도덕이 없었다면 문명을 건설할 수도, 이성을 지킬 수도 없었다. 하지만 문명과 이성은 악을 제거하지 못할 뿐 아니라 그 자체에 악을 내포하고 있다. 문명 및 이성과 결탁한 그 악마들은 문명과 이성의 빛 아래에서는 쉽게 모습을 드러낼 리 없고 오직 우화나 시를 통해서만 포착된다.

　　카프카의 혼미함과 도덕 앞에서의 시의 혼미함은 같다.

자기 시간으로 자기를 간다

이야기와 소설의 차이점은 뭘까? 이야기는 결말이 있지만 소설은 멈출 방법이 없는 것이라는 생각이 자꾸 든다. 이는 스스로를 옭아매고 있는 현대소설의 숙명이다. 아직 소설이 없던 시대에 사람들은 입에서 나오는 대로 이야기를 떠벌렸다. 이야기가 성립되려면 우선 소재가 일상생활의 정상적인 운행 밖에서 일어난 희한한 일이어야 했다. 발터 베냐민은 옛날 이야기꾼은 거의 먼 곳에서 온 사람이었다고 우리에게 일깨워 주었다. 그렇지 않으면 적어도 이야기가 먼 곳에서 일어난 일이어야 했다. "아주아주 오래전에……"와 "아주아주 머나먼 곳에서……"야말로 이야기의 가장 전형적인 시작이다.

이야기꾼은 절대적인 권위를 가졌다. 왜냐하면 그들이 하는 이야기는 사람들이 모르는 일이었기 때문이다. 옛날 어느 나라의 신기한 국왕이나 깊디깊은 숲속의 정령을 사람들은 몰랐고 알 수도 없었다. 그래서 의문을 제기할 수도 없었다. 사람들이 이야기를 즐겨 들었던 건 주로 이야기가 그들을 또 다른 낯선 시공으로 데려다주 었기 때문이다.

이야기는 우리의 진실하고 평범하며 사소한 삶과 무관하다. 이야기 속 인물은 우리와 다르다. 이야기 속 희한한 사물은 우리 주변에 나타날 리 없다. 그래서 이 야기는 자기충족적인 의미체를 이루고 마치 꽃병처럼 위 아래 중간이 명확히 나뉘어서 시작해야 할 데서 시작 하고 끝나야 할 데서 끝난다.

소설의 가장 골치 아픈 점은 일상생활과 서로 뒤엉 켜 있다는 사실이다. 소설은 일상 속 인물에 관해 기술 한다. 그들의 심리가 얼마나 복잡하든, 그들의 처지가 얼마나 신기하든, 또 그들의 감정 기복이 얼마나 심하고 극적이든 간에 그들은 우리가 잘 알고 익숙한 환경에서 살아간다. 독자는 자신에게 "그다음은?"이라고 물어볼 권리와 자격이 있다고 생각한다.

소설이 끝나면, 어디에서 끝나든 우리는 인물의 시 간이 계속될 것이라고 생각한다. 그래서 독자는 걸핏하 면 "그다음은?"이라고 물어서 소설가까지도 속으로 미 심쩍어하며 '그다음은 어떻게 되지?'라고 자문하게 만든다. 분명 '다음'이 끝없이 이어지는데 이 소설은 뭘 믿고 여기까지만 쓰고 멈춘 걸까?

사실 어떻게 써도 끝낼 수 없는 소설의 이런 곤혹은 나중에 거꾸로 이야기에 영향을 주었다. 그래서 우리는 요즘 이야기를 들을 때마다 역시 툭하면 "공주와 왕자가 결혼했는데 그다음은?"이라고 묻곤 한다. 이야기의 전통을 회복하려고 노력한 영화 『타이타닉』에 대해서도 여전히 끈질기게 "잭이 안 죽었으면 어떻게 됐을까?"라고 묻는 이들이 있는 것처럼.

잭은 이미 죽었는데 뭘 더 어쩌란 말인가! 하지만 어쩔 수 없다. 소설 읽기가 습관이 된 사람들은 성공적인 등장인물일수록, 또 그가 일상의 사소한 디테일 안에서 우리 자신과 다를 바 없이 생생하게 묘사될수록 참지 못하고 "그럼 그 사람은 다음에 어떻게 되지?"라고 캐묻는다. 처음에 소설 쓰기를 막 배우기 시작했을 때 나는 주인공이 소설의 결말에서 거의 죽음의 운명을 맞게 만들었다. 어렸던 내게 죽음에 대한 어떤 인식이 있어서도, 이상한 콤플렉스나 집착이 있어서도 아니었다. 그저 죽음이 가장 절대적인(당시 내가 생각하기에) 결말을 제공하고 소설 형식의 불완전성을 해결해 주었기 때문이다.

이 점에서 나는 시와 시인을 계속 부러워해 왔다. 시는 그런 불완전성이 아예 없기 때문이다. 시는 생활 속에 있지만 생활 밖에 있기도 하다. 시는 자신의 시간관을 창조할뿐더러 그것을 충분히 구현해 일상적 시간의 시작과 끝과 연속에서 벗어나야만 좋은 시가 될 수 있다. 내 오랜 벗 추안민初安民*의 시를 살펴보자.

이 난잡하고 시끄러운 세계는
시계방과 무척 닮았다
들쭉날쭉 울레줄레
각자 자기 시간으로 자기를 간다

시인의 세계에는 오만함과 자조의 정서가 복잡하게 뒤섞여 있다.

다음의 시구도 추안민의 것이다.

보기만 해도 몸서리치는 감정들이 있어
잠시도 못 참고 울음을 터뜨리곤 하는데
판자 더미 사이를 떠도는 내 방황은

---

* 한국 화교 출신인 타이완의 저명한 시인이자 출판인. 시집으로 『남쪽으로 가는 길』 등이 있다.

한 떨기 한 떨기 흩어진 말줄임표 같다

시에는 말줄임표가 가득하다. 행을 나누는 시 형식에서 행과 행 사이의 휴지는 기본적으로 말줄임표나 다름없다. 시인은 끊임없이 말을 생략한다. 그들은 대부분의 세계를 생략해 버리고 아주 작은 부분만 남겨 드러낸다. 이에 그들이 가장 많이 생략하는 부분 즉 시의 종결부에서 우리는 아무 말도 못 하고 멍하니 있을 수밖에 없다.

시에는 결말이 없다. 시인에게는 결말을 "한 떨기 한 떨기 흩어진 말줄임표"로 바꿀 특권이 있기 때문이다. 시인은 자기 시간으로 자기를 간다.

사실과의 불화

시는 아름다운 사물만을 기록하고 묘사하기만 하지는 않는다. 원망도 두려움도 악의 그림자도 없는 시는 정말 쓰기 어렵다. 그런 성격을 가진 건 종교의 송가와 파시즘 사회의 공식 문건 정도다. 이 두 가지는 다 진실하지 않은 가짜여서 시인에게 멸시당한다. 시인이 진실을 탐구하는 기본적인 호기심을 잃으면 시를 성립시키는 정신적 동력도 필연적으로 잃게 된다.

시인이 느끼고 표현하려는 진실은 무엇일까? 최근에 이런 설명을 읽은 적이 있다.

(……) 밤에 인적 없는 거리에서 몽둥이를 손에 든 이상한 남자와 마주쳤다고 가정해 봅시다. 사실 그는 162센티미터 전후의 마르고 꾀죄죄한 남자이고 손에 든 것도 그냥 나무를 깎아 만든 짧은 몽둥이일 뿐입니다. 이게 사실입니다. 하지만 나는 그를 스쳐

지나갈 때의 진실한 느낌을 떠올려 봅니다. 그 남자가
180센티미터 이상의 머리 큰 남자로 보일 수도
있습니다. 손에 든 건 금속제의 야구방망이로 보일
수도 있고요. 아마 심장이 쿵쿵 뛰겠지요? 그렇다면
어느 쪽이 진실일까요? 저는 당연히 후자라고
생각합니다.

이것은 무라카미 하루키가 『약속된 장소에서』라는
책에서 가와이 하야오를 인터뷰하는 중에 한 말이다.
우리는 심지어 이렇게 과장해서 말할 수도 있다. 시
인은 자신의 진실한 느낌을 묘사할 때 꼭 사실을 왜곡하
고 거부한다고. 그는 사실 표면의 단순한 자료를 받아들
이지 않는다. 사실에 나타난 평면적인 양태도 받아들이
지 않는다. 왜냐하면 사실에 대한 자신의 거부와 불신에
힘입어 시인은 내면의 느낌을 마음대로 발굴하고 또 항
상 사실에 묻혀 있거나 사실에 의해 경멸과 부정을 당하
는 진실을 포착할 수 있기 때문이다.
다시 무라카미 하루키의 비유로 돌아가 보자. 만약
우리 일반인이 어두운 밤 인적 없는 거리에서 몽둥이를
손에 든 남자와 마주친다면 확실히 생명 자체가 감당할

수 있는 한계 이상의 공포를 느낄 것이다. 하지만 그가 지나가고 나서 아무 일도 안 생기면 우리의 감관은 회복되고, 우리는 다시 경험을 정리해 '사실'을 찾아낸 뒤 그 '사실'에 비춰 자신의 나약함을 비웃을 것이다. 이에 그토록 심각하고 진실했던 방금 전의 공포는 가차 없이 버려진다. 아마도 우리가 평생 겪어 본 가장 심한 공포는 '사실'과 부합하지 않아 무정하게 거부될 것이다.

많은 시인이 시인일 수 있는 건 바로 그런 진실을 달가워하지 않는 데 있다. 어떤 정신적이거나 미학적이거나 심지어 도덕적인 책임으로 인해 그들은 사실과 어긋나더라도 절대 부정하면 안 되는 그 진실을 꼭 남겨 둬야 한다고 생각한다.

진실에 대한 이런 감응과 추구 때문에 시는 제거할 수 없는 어두운 그림자를 항상 갖고 있다. 시인은 사실에 대한 불신을 품은 채 언제나 사실의 훌륭함과 아름다움 속에서 주저와 우려를 찾곤 한다. 만약 그가 사실 표면의 햇빛과 노랫소리와 행복을 고스란히 받아들인다면 편안하게 앉아 즐거움을 만끽할 테고 더는 시를 쓸 필요를 못 느낄 것이다.

반대로 시인이 마음속을 스친 어떤 진실의 아름다

움을 느끼고 기록하면, 실제 세계에서는 도저히 찾을 수조차 없을 듯한 그 아름다움을 우리도 분명히 알게 된다. 진실의 그 아름다움은 순식간에 사라져서 결국 시인의 시에만 남고 다른 데서는 찾을 수 없다. 바꿔 말해 시에 기록된 건 아름다움 자체가 아니라 아름다움이 지나간 흔적이다. 기록된 것 자체는 아름다움이 사라진 것에 대한 선언이다.

시인과 사실의 이런 불화로 인해 시를 쓰는 것과 읽는 것에는 어쩔 수 없이 실의와 우울의 색채가 있다. 시를 쓰고 읽는 건 보통 유쾌한 일은 아니다. 적어도 즐거움을 주요 동기로 삼는 활동이나 행위는 아니다.

옛 시를 살펴보면 유쾌하지 못한 작품이 가득하다. 그리고 시인이 가장 훌륭하고 감동적인 시를 쓰게 만드는 건 보통 두려움과 해소하기 힘든 우울 또는 시간의 도도한 흐름 속에서 느끼는 절망과 막막함이다.

시는 내가 이해하는 선에서는 특수한 성격의 장르다. 그것은 공정하고 중립적인 담지체가 아니다. 사람들이 거기에 뭘 싣든 자유롭게 내버려두고 무차별적으로 받아들인다. 그리고 고집스럽게 기쁨과 즐거움을 거부한다.

무엇이 시이고 무엇이 시가 아닌가

만약 제가 한 권의 책을 읽고 온몸이 차가워지고 어떤
불빛으로도 저를 따뜻하게 할 수 없다고 느낀다면
저는 그것이 시라는 걸 알아요. 만약 정수리가 열린
듯한 기분을 여실히 느낀다면 저는 그것이 시라는 걸
알죠. 이게 제가 아는 시를 판별하는 방식이에요. 다른
방법이 또 있을까요?

에밀리 디킨슨이 한 말이다. 그녀는 이토록 직접적이면
서도 강렬하게 시를 받아들였다. 자기가 읽은 게 시인지
아닌지 판단하기 위해 전통적인 형식을 빌리지 않았고
그럴 필요도 없었다. 실질적인 신체 반응으로 시를 시험
했으며 또 시가 자신을 시험하게 내버려두기도 했다.

　　앞의 말은 시인과 시의 관계를 강렬하면서도 과장
적으로 표현한다. 그런데 더 강렬하고 과장적인 지점은
확실히 에밀리 디킨슨은 자기의 이런 생각이 강렬하고

과장적이라고 여기지 않았을 것이라는 점이다. 왜냐하면 앞의 말은 독자에게 전달할 의도로 직접 종이에 펜으로 쓴 게 아니라 토머스 웬트워스 히긴슨과 만났을 때 즉석에서 한 말이라 타인에 의해 기록된 것이기 때문이다.

히긴슨은 에밀리 디킨슨이 직접 선택한 시 스승이었다. 1862년부터 그녀는 히긴슨에게 편지를 보내 시에 관해 여러 가지를 물었다. 그녀의 어조는 항상 겸손했다. "당신을 인도자나 선생님이라고 불러도 될까요?" "만약 괜찮으시다면 한 번 더 저를 도와주시겠어요?" "정말로 제가 너무 둔하고 가르치기 힘들다고 생각되시면 부디 단호하게 저를 거절해 주세요"라는 식이었다. 히긴슨에게 보내는 편지에서 그녀는 늘 자신을 '수강생' '학생'이라고 칭했다.

편지를 주고받은 기간에 에밀리 디킨슨은 줄곧 히긴슨에게 시간을 내어 매사추세츠주 애머스트로 자기를 만나러 와 달라고 청했다. 히긴슨은 미루고 미루다 서로를 안 지 8년 만에 처음으로 그녀를 만났다. 겨우 1시간 정도 이야기하는 동안 에밀리 디킨슨은 이상한 말과 이상한 질문을 많이 했다. 히긴슨은 못 참고 그것을 하나하나 다 받아 적었다.

그 기록의 맥락과 과정을 보면 시에 관한 에밀리 디킨슨의 집요한 관찰에 놀라지 않을 수 없다. 그녀는 대단히 진지하게 마음 깊이 품은 의혹을 해소하려고 애썼다. 어쨌든 그녀 앞에 있는 사람은 그녀가 존경하고 너무나 만나기 힘든 스승이었기 때문이다. 그녀는 강렬한 감각 반응 말고도 시에 접근하고 시의 존재를 판별, 증명할 방법이 이 세상에 또 있는지 진심으로 알고 싶어 했다.

하지만 그녀는 애초에 질문하는 과정에서 다른 답이 있을 수 있는 여지를 배제해 버렸다. 낭만주의부터 모더니즘까지 수많은 시인이 꿈속에서도 다다르고 싶어한 궁극적인 시의 정의를 이미 제시했기 때문이다. 시는 이성으로 정의해서는 안 되고 훌륭한 시인의 직관으로 발굴해 확인할 수밖에 없다. 이것 외에 다른 방법이 있을까? 있기는 하지만 다른 방법은 모두 그런 몸속의 한기나 정수리가 열리는 느낌 같은 건 없이 더 권위적이고 정확하기만 하다.

히긴슨은 그 질문에 자기가 뭐라고 답했는지는 기록하지 않았다. 사실 기록했더라도 그것을 신경 쓰는 사람은 없었을 것이다. 그가 디킨슨에게 시 쓰기에 관해 그토록 많은 의견을 건넸는데도 디킨슨의 시 예술에 그가 어떤 공헌을 했는지 지금껏 논의한 사람이 없는 것처럼 말이다. 후대 사람들이 신경 쓰고 논의한 건 디킨슨이 어떻게 자신의 신비하고 은밀하며 내향적인 스타일을 갖게 되었고 또 어떻게 가장 작은 소재에서 가장 큰 은유와 우주의 연상을 끌어냈느냐다. 바꿔 말하면 디킨슨이 어떻게 히긴슨의 영향을 거부했느냐.

　시에 대한 감수성이 그토록 강렬하고 과장적인데 어떻게 그녀가 자신의 감각적 직관을 홀대하고 남의 사소한 의견에 귀를 기울였겠는가. 하지만 다시 생각해 보면 좋은 시, 훌륭한 시를 읽기만 해도 즉시 온몸으로 그 정보를 받아들일 수 있는 사람이 왜 한 스승에게 자기를 지도해 달라고 계속 부탁한 걸까?

　남아 있는 편지와 히긴슨의 자술을 자세히 들춰 보면 우리는 문득 알게 된다. 에밀리 디킨슨이 히긴슨에게 가장 바랐던 건 사실 스승으로서 그의 권위를 이용해 자신의 시가 성숙하지도 성공적이지도 못해서 아직 발표할 수준에 이르지 못했다고 선언하게 하는 것이었다. 스승의 의견을 방패 삼아 스스로를 남에게 안 보이는 더 깊은 구석에 숨김으로써 다른 사람과 소통하지 않아 더 순수하고 빛나는 자신의 시를 안심하고 계속 쓰려고 한 것이다. 디킨슨이 바란 건 그저 히긴슨이 반복해서 "당신의 시는 아직 충분치 않아요"라고 말해 주는 것이었다.

그렇다면 히긴슨은 정말 안목이 나빠서 디킨슨의 시가 지닌 힘과 가치를 몰라본 것일까? 그렇지는 않았을 것이다. 다만 그 어린 시골 여자가 쓴 시가 자신의 시보다 백배 천배 낫다는 사실을 어쨌든 감당하기 어려웠을 것이다. 시인과 스승은 슬픈 선율 속에서 갑갑한 이인무二人舞를 추었다. 두 사람 다 극심한 고통을 겪었지만 덕분에 1700여 편의 에밀리 디킨슨의 시가 후대에 남았다.

가면 뒤의 목소리

예이츠의 장시 「나는 너의 주」를 보면 가상의 두 목소리
가 대화를 나눈다. 하나는 '힉'Hic(라틴어로 '이 사람'이
라는 뜻)이고 다른 하나는 '일레'Ille(라틴어로 '저 사람'
이라는 뜻)다. '이 사람'과 '저 사람'은 완곡하고 우회적
인 대화를 주고받는다. 논의의 주제는 바로 예이츠가 가
장 흥미로워했던, 신비로운 경험 속에 숨겨진 나나 나의
이미지 혹은 나의 피드백을 자아가 어떻게 찾아내고 또
어떻게 인식하느냐는 것이다.

시의 마지막 연은 다음과 같다.

내가 그 신비로운 손님의 이름을 부르자 그는
강변의 축축한 모래언덕을 걸어야 했는데
무척 나를 닮았고 사실 나의 희생물이었다
증명되었다, 생각할 수 있는 모든 것 중
가장 다른 건 바로 나의 반反자아라는 게

나아가 그 인물들의 알려진 바를 굳게 지킨다

내 모든 모색을 위해……

이처럼 '자아 속에서 반자아를 찾아낸다'는 예이츠의 생각은 그가 더 일찍 발표한 「가면론」에서 더 분명하게 표현되었다. 그 한 단락을 살펴보자.

> 만약 현실과 다른 두 번째 자아를 상상해 내 연기할 수 없다면 우리는 스스로에게 규율과 훈련을 부과하지 못하고 그저 바깥의 다른 사람들이 우리를 개조하는 걸 받아들일 것이다. 수동적으로 지금의 가치 규범을 받아들이는 것과 다른 것으로 '적극적 미덕'active virtue이 있다. '적극적 미덕'은 연기의 특성을 갖는다. 마치 가면을 쓴 것 같은 의식적인 연극성이다. 이것은 열심히 충실하게 살아가기 위한 기본 조건이다.

내가 생각하기에 예이츠는 먼저 우리의 평범한 현실에는 혼란하고 무의미한 임의의 변수가 가득하며 다들 열정 없이 삶을 대충대충 살아간다고 지적한다. 혹은 예이츠의 더 과장된 견해에 따르면 그건 "식탁 앞에 앉아 아침밥을 먹는 한 무더기의 변수와 부조화"일 뿐이다. 만약 우리 자신이 필연적이면서도 통일된 성격과 의미를 못 찾는다면 외부 사회세력의 침투로 그들의 집단적인 영향력에 의해 정해진 위치와 성격을 강요당하기 쉽다. 그러면 우리는 더는 자기 자신이 아니라 다른 사람의 시선 속에 디자인된 어떤 환영이 되고 만다.

이런 상황을 피하는 유일한 방법은 바로 '적극적 미덕'으로 어떤 가면을 택해, 자아가 택한 그 가면을 쓰고 그 가면으로 모든 '변수와 부조화'를 조정하는 것이다. 이 가면은 가면인 만큼 당연히 연기의 특성을 지닌다. 가면은 본래 난잡하고 무질서한 삶의 본모습을 가리고 삶에 '규율과 훈련'을 부여해 깔끔하게 정리함으로써 다른 사람이 한눈에 알아볼 수 있게 만든다.

그런데 스스로 신경 써서 선택한 이 가면은 도대체 나일까, 아닐까? 나이기도 하고 아니기도 하다. 가면이 나일 수 없는 건 그게 진짜 나의 변수와 부조화를 숨기기 때문이다. 진짜 삶에 변수와 부조화가 없는 사람은 아무도 없다. 하지만 가면이 필연적으로 나이기도 한 건 그것이 안에서 자생한 것이지 외부에서 강제로 주어진 게 아니기 때문이다. 가면은 선택일 뿐 아니라 의지와 선언이기도 하다. 주관적이면서도 적극적으로 세상을 향해 크게 외친다. "난 이런 사람이다! 날 봐라, 난 이렇게 스스로 설계하고 그려 낸 캐릭터다!"

그래서 가면은 '나의 반자아'인데도 나를 무척 닮았다. 또 이 상황은 시인이 궁극적으로 추구하는 바이자 시인의 궁극적인 부조리극이다.

사람들은 내게 이런 질문을 한다. 시인은 진실한 사람인가요? 당신이 본 낭만시의 시인들은 왜 스스로는 전혀 낭만적이지 않은가요? 시인은 보수적이고 소심하며 항상 남에게 잘 보이려는 미소를 짓고 있는데, 왜 그들의 시는 그렇게 전복적이고 세속적인 걸 경멸하나요?

이런 기세등등한 질문에 나는 어쩔 수 없이 예이츠의 견해를 가져와 답하려 한다. 시인이 시에서 내는 목소리는 그 가면 뒤의 목소리다. 시인이 시에서 시험하고 펼쳐 내는 캐릭터는 그가 선택한 어떤 캐릭터다. 그는 그 캐릭터를 이용해 그 변수와 부조화가 자신을 침식하고 파괴하는 걸 막아 내려 하고 또 모든 변수와 부조화를 제거하고 싶어 하는 자아의 강한 의지를 표현한다.

하지만 그가 정말로 변수와 부조화를 막아 낼 수 있다는 보장은 없다. 가면이 그를 규율과 훈련에 적응시키지 못할 수도 있다. 그의 삶이 그가 선택한 가면을 감당하지 못할 수도 있기 때문이다. 이건 매우 흔한 일이다. 하지만 시인이 현실 생활에서 무능하다고 해서 변수와 부조화를 막아 내는 그의 시도와 노력에 귀 기울이지 말라는 법은 없다. 설령 그 시도와 노력이 결국 풍자극이나 비극으로 끝나더라도.

시와 시인은 다르다

예전에 시인은 시를 쓸 때 필명을 사용했다. 본명으로 시를 쓰는 건 그야말로 모독이고 불가사의한 일이었다. 시 쓰기는 한 사람의 지고한 기능을 새로 빚어내는 일이었다. 이때 필명은 시인에게 일종의 은폐이자 멋이고 새로운 자신을 상징해 나타내는 힘이었다.

사람들은 시를 이용해 신에게 의문을 제기했다. 본래 있던 신학의 가치체계는 전복되었다. 신이 창조하고 자연이 부여한 것은 더 이상 훌륭하고 완벽하지 않았을 뿐 아니라 심지어 지양해야 할 대상이 되었다. 기껏해야 조잡한 원료로서 인간의 가공을 기다릴 뿐이었다.

사람들의 기존 이름은 신이 창조하고 자연이 부여한 '본래 나'의 대명사였다. 그러므로 시에 담긴 의미를 좇으려고 시인들은 전혀 아까워하지 않고 앞다퉈 기존 이름을 버리고 자신의 시 예술에 가장 부합하는 필명을 취했다.

시인은 시를 쓸 뿐 아니라 시를 통해 또 다른 자아를 새롭게 구축하려 한다. 자연적인 생명 안에는 없는 아름다움이나 빛이나 퇴폐나 고통을 시인은 창조하고 시 속에 존재하게 하며 더 나아가 시 속에서 자신의 특성을 건져 개조한다.

그래서 T. S. 엘리엇 같은 시인이 갖은 수를 다 써서 자신의 전기 자료를 파기한 게 이해가 간다. 그가 일부러 신비주의를 고수한 건 아니었다. 단지 그 자료에 나타난 엘리엇이 자기가 시를 통해 추구하는 특성과 얼마나 크게 차이가 나는지 똑똑히 인지했을 뿐이다. 시의 도덕관에 비춰 보면 시는 그 작가와 다른 빛과 맛과 촉각을 표현해 내야 비로소 진정한 의의와 가치를 갖는다. 만약 "시가 그 사람과 같다"詩如其人면 그냥 그 '사람'만 있으면 되지 굳이 '시'가 있을 필요가 있을까? 하지만 엘리엇은 만약 세속의 도덕관에 비춰 "시가 그 사람과 같지" 않은 게 발각된다면 사람들은 그저 시인의 허위를 욕하기만 하리라는 걸 누구보다 잘 알았다. 그래서 머리를 쥐어짠 끝에 '사람'을 완전히 묻어 버리고 시만, 시가 구축하고 전달하는 초월적인 아름다움과 빛과 퇴폐와 고통만 남기려 한 것이다.

'신비평'New Criticism은 작품 그 자체의 완성도를 따졌을 뿐, 작품을 해석하고 해독하면서 굳이 번거롭게 작가의 생애와 의도를 살필 필요는 없다고 주장했다. 한 시대를 풍미하다가 나중에 혹독한 비판과 조소를 당한 이 학파의 일견 황당해 보이는 주장 뒤에는 사실 엄정하고 엄숙한 가치관이 숨어 있었다. 그것은 엘리엇 같은 시인이 파생, 발전시킨 가치관이었다. 시를 쓰는 목적은 바로 작자를 초월하는 것이고, 자신의 육체적 생명의 한계를 초월하는 작품을 못 써낸다면 시인이라 불릴 자격이 없다고 보았다.

  시인이 시인이 된 건 바로 세속적인 자아를 지양했기 때문이다. 신이 창조하고 자연이 부여한, 먹고 싸고 잠자는 자신과 걷고 출근하고 연애하는 자신과 남을 배신하고 또 남에게 배신당하는 자신을 지양했다는 것이다. 그러니 그가 어떻게 먹고 싸고 잠자는지 규명하고, 그가 언제 걷고 출근하고 연애하는지 기록하고, 그가 남에게 배신당한 걸 동정하거나 그가 남을 배신한 걸 꾸짖는 게 우리가 그의 시를 이해하는 데 무슨 도움이 되겠는가. 더 심각한 건 우리가 시인의 세속적 자아에 눈길을 빼앗기면 어김없이 그의 시를 인식할 수도 이해할 수도 없게 된다는 것이다. 시인의 세속적 자아에 대한 전기 자료는 오히려 우리의 시 읽기를 방해하는 가장 파괴적인 장애요인이다.

이것은 사실 너무나 순수하고 세속을 멀리하는 문학적 이상이다. 시인의 경험이 확대되고 팽창하여 만들어진 일종의 유토피아적 신화다. 일단 필명으로 시를 쓰기 시작하면 시인은 즉시 본명의 육체나 세속적 생각과는 무관한 신화가 된다고 보았다. 이것은 수행과 정화에 관한 그 어떤 종교적 견해보다 더 과장된 신화다.

탈주술화된 세상에서 신화는 당연히 유지될 수 없다. 엘리엇조차 자신의 세속적 자아를 완전히 은폐하지 못했으며, 전기작가가 그의 전기를 쓰고 문학사가가 짜깁기한 그 자료로 그의 심오하고 초월적인 시를 읽어 내는 것도 막지 못했다. 필명의 신화는 파멸했고 '신비평' 도 붕괴했다. 하지만 그 순수하고 탈속적인 꿈이 완전히 사라지는 건 불가능했다.

그 꿈은 수많은 시에, 그리고 시 읽기의 즐거움에 흔적을 남겼다. 시를 통해 우리는 항상 신과 자연의 것과는 다른 어떤 걸 희망하고 갈구한다. 또 속세에 존재하고 출현하는 아름다움과 빛과 퇴폐와 고통을 시에서 읽어 냈을 때 우리는 비로소 자기가 시 속에 들어간 걸 확신하고, 시의 존재를 증명하고, 시의 필요성을 믿는다. 그리고 시인을 숭배하기 시작한다. 비록 우리가 숭배하는 대상이 시를 쓴 그 육체와 영혼과 맞아떨어지는 것처럼 보이지 않는다 해도.

계속되는 지진과 영구적인 열

W. H. 오든은 시를 쓸 때마다 이 시가 내 평생 마지막 시일지도 모른다는 두려움을 가져야 한다고 말한 바 있다. 물론 그건 그 시가 누구도 초월할 수 없는 완벽한 걸작이 될 것이기 때문이 아니라, 다음번에 시 쓰기의 감이 언제 돌아올지 모르기 때문이다. 그 감은 너무 불확실해서 통제할 수도 기대할 수도 없다.

시는 시인을 괴롭힌다. 시는 연습할 수도, 차근차근 발전시킬 수도 없다. 더구나 시는 점점 음악적 요소를 대부분 떼어 버리고 순전히 개인의 정신과 감동을 나타내는 쪽으로 바뀌었다. 전통시는 중국이든 서양이든 어느 정도 피아노 연주와 흡사했다. 피아노를 배울 때 우리는 바이엘부터 교재를 소화하기 시작해 한 단계 한 단계 갈수록 더 많은 기교를 익히고, 그러고 나서 더 복잡한 곡을 다루며 역시 갈수록 더 풍부한 함의를 표현한다. 그러면서 사람들에게 더 높은 인정과 평가를 받는다.

전통시 창작은 그 성격이 음악의 재해석에 비교적 가까웠다. 많은 부분이 장르 규칙 안에 정해져 있어서 마치 피아니스트가 잘 쓰인 악보에 맞춰 연주하는 것과 같았다. 또 변화를 창조하는 부분에서는 장르 규칙 안에서 제한적인 자유가 허용됐는데, 자유가 제한적인 까닭에 창작 능력이 떨어지는 사람도 순서에 따라 정해진 대로 써 내려갈 수 있었다.

그러나 이제 시는 더 이상 그럴 수 없다. 시는 극히 개인적이고 고독한 심리적 가치의 산물이다. 시인은 외롭고 허전하게 우주의 거대한 흐름에, 과거부터 현재까지의 모든 시간과 상하좌우의 모든 공간 그리고 바글대는 사람들 사이에 처해 있다. 그는 독특한 격정을 찾는 동시에 그 격정을 표현할 독특한 형식을 찾지만 이 양자는 어떠한 전례도 보장도 없다.

1921년 토머스 무어에게 보낸 편지에서 바이런은 "일반인에게 시가 고도로 불안하고 격정적인 표현임을 이해시키는 건 영원히 불가능하네. 평생 불안과 격정 속에서 사는 사람은 없지. 계속되는 지진, 영구적인 열이 있을 리 없는 것처럼 말이야"라고 했다. 시는 지진처럼 우연적이고 미리 알 수 없으며 또 열처럼 비정상적이고 심지어 병적이기까지 하다.

시의 이런 특성은 시인에게 큰 스트레스를 주며 시와 사회 간의 높은 긴장을 예시하기도 한다. 시인은 "시를 위해 일하는" 것도, "시를 위해 준비하는" 것도 불가능하다. 그가 "시를 위해 노력"하는지 가늠하는 건 더더욱 불가능하다. 피아니스트는 매일 4시간 혹은 6시간씩 계획을 잡아 연습할 수 있다. 연습한다고 그가 반드시 곡을 잘 치게 되는 건 아니지만 적어도 노력을 양적으로 환산할 수는 있다. "잘하지는 못해도 열심히는 했다"라는 말은 근면에 대한 사회의 기본적인 요구와 인정에도 부합한다.

그럼 시인은 시를 쓰기 위해 어떻게 연습해야 하나? 다른 사람의 시집을 읽고, 단편적인 영감을 주워 모으고, 이미 써 둔 시구를 고치고 또 고쳐야 하나? 아니면 혼자 산책을 하고 거실에서 초조하게 왔다 갔다 하거나 격정적인 상태를 유지하기 위해 계속 연애를 해야 하나? 그런 건 기껏해야 간접적일 따름이다. '일'에 대한 현대사회의 보편적인 기준조차 만족시키지 못할 만큼 간접적이다.

시인은 게으르다. 필연적으로 게으르다. 하지만 게

으른 사람이 꼭 시인이라고 할 수는 없다. 더 많이, 더 흔히 보이는 건 오히려 게으름과 사회를 멀리하는 것에 대해 시를 핑계로 삼는 경우다. 시는 너무나 많은 곳에 쓰이는 편리하고 저렴한 도피 수단이다. 사회에 부적응한 사람, 일의 가치를 받아들이려 하지 않는 사람이 시를 발견하고 스스로에게 시인의 정체성을 부여하곤 한다. 이런 행태로 인해 사회는 더 시를 못 믿고 시인과 사회의 관계도 더 긴장된다.

바이엘을 다 끝내지 못하고 바흐와 쇼팽과 리스트의 연습곡을 다 못 친 사람은 감히 스스로를 피아니스트라고 부르지 못한다. 강당을 빌려 연주회를 열 엄두는 더더욱 못 낸다. 그런데 불행하게도 시의 영역에는 바이엘과 연습곡에 상응하는 게 없다. 시는 이토록 주관적이다.

시인이 시인이라는 지위를 다지려고 택하는 책략의 예로 더 많은 시를 쓰는 걸 들 수 있다. 시의 양과 양을 누적해 평가하는 시스템을 통해 취미로 시를 쓰는 이들과 아예 창작력이 부족한 이들로부터 스스로를 구별해 낸다. 시인의 시는 쓸수록 길어지고 작품은 쓸수록 많아지며 전집은 엮을수록 두꺼워진다.

슬픈 건 이러면서 시인이 '계속되는 지진'과 '영구적

인 열'을 추구하는 사람이 됐다는 점이다. 바이런은 그래서는 안 되고 그런 건 불가능하다고 했는데도 말이다. 그는 시 그리고 자연과 상반되는 그 논리가 우리의 시인들을 밤낮으로 걱정하고 초조하게 만든다고 생각했다.

시는 시간을 초월할 수 있을까

네가 날 잊은들 무슨 상관이 있겠는가
난 사랑하는 너의 휴식처를 하나하나 찾아가
순수하면서도 떨리는 음표가 될 것이다
향기가 되고, 멜로디가 될 것이다, 다시 노래나 기호가
  될 것이다
이를 통해 내가 믿는 주선율이 반복해서 널리 불릴
  것이다

내 사랑하는 대지여, 내 마지막 인사에 귀 기울여
  주길!
필리핀 나의 사랑, 내 고통 속의 고통
난 너와 이별하고, 내 양친과 모든 진실한 사람과
  이별할 것이다
난 항해해 갈 것이다, 노예 없고 폭군 없는 땅으로
믿음이 살해당하지 않고 하느님이 모든 걸 통치하는

땅으로……

안녕, 내 영혼이 이해할 수 있는 모든 것,
내 빼앗긴 고향의 형제자매들이여
탄압받던 내 날들이 이미 끝난 게 감사하다
안녕, 친애하는 낯선 사람과 나의 즐거움과 친구들
안녕, 내 친애하는 사람들, 죽음은 휴식일 뿐이다

이것은 이별의 시다. 이 시의 특별한 점은 반복적으로 선회하며 이별의 애매한 정서를 토로하는 데 있다. 이별은 당연히 괴롭고 유감스러우며, 뒤이어 찾아들 그리움과 고통이 예견된다. 따라서 "네가 날 잊은들 무슨 상관이 있겠는가"는 당연히 강한 척하는 것이며 뒤의 몇 마디 자기 위로의 말을 끌어내려고 일부러 앞에 배치한 반어다. 시인이 가장 긍정적인 어조로 언급하는 '나'와 '내가 믿는 주선율'은 결국 숨결이 되고, 목소리가 되고, 삶에서 어디에나 존재하는 천라지망이 됨으로써 아무리 멀리 있어도 '너'의 곁을 둘러싼다. '나'는 떠나도 존재하는 것이다.

그런데 이 시는 분명하게 말하기 어렵지만 표현하

지 않을 수 없는 이별의 어떤 동경을 따로 전달한다. 시인의 사랑은 동시에 '고통 속의 고통'이며, 모든 진실한 사람과 이별한 후 그는 오히려 노예 없고 폭군 없는 땅으로, 하느님이 통치하는 평화로운 세계로, 진정한 휴식으로 항해해 간다.

시인은 사실 항해가 끝나는 저편에서 자기를 기다리는 게 무엇인지 잘 모른다. 어쨌든 그의 영혼이 이해할 수 있는 모든 것은 다 이편에 존재한다. 그 빼앗긴 고향에서 친한 이들이 하루하루 당하는 탄압과 고난은 그의 영혼이 감당해 온 현실 상황이다. 바꿔 말해 앞에서 말한 '노예 없고 폭군 없는 땅'은 공허한 상상이자 자신에게 둘러대는 말이며 이별을 앞두고 배웅하는 사람들에게 건네는 위로일 뿐이다.

하지만 저편의 약속이 아무리 공허해도 시인의 감사는 진실하고 휴식에 대한 시인의 갈망 역시 진실하다. 그는 삶에 즐거움이 전혀 없지 않다는 걸 기억하고 사랑하는 사람과 친구들이 있다는 것도 기억하지만, 그래도 태연하게 죽음을 직시한다. 그가 남몰래 바라던 휴식을 죽음이 가져다줄 것이기 때문이다.

이 작품은 확실히 팽팽한 긴장이 느껴진다. 낭만적

인 슬픔 속에서 은연중에 폭력성이 느껴지기도 한다. 이는 죽음, 폭군, 노예, 살해를 언급하기 때문이 아니다. 그보다 더 짙은 폭력과 잔혹함이 죽음을 앞두고 친지들을 떠올리며 이리저리 망설이는 한 사람을 둘러싼 채 번뜩인다. 그가 살아생전 견뎌야 했던 삶이 얼마나 고단하고 공포스러웠을지 짐작이 간다!

그러므로 이 시는 지칠 대로 지친 한 혁명가의 고백이다. 그는 고향과 형제자매를 위해 끊임없이 노력하고자 했다. 하지만 코앞에 닥친 죽음의 그림자 속에서 그는 멀리 떠나고픈, 모든 걸 포기하고픈 이기적인 생각을 억누를 수 없었다.

이 시는 필리핀의 국부 호세 리살이 처형 직전에 쓴 「마지막 인사」인데, 앞의 인용은 그 마지막 부분이다. 원문은 스페인어로 쓰였고, 나는 베네딕트 앤더슨의 명저 『상상의 공동체』 중국어판에서 이 시를 읽었다.

나는 필리핀 사람들이 이 시를 통해 오래전의 혁명 정신과 소통할 수 있는 게 부럽다. 또 이 시를 통해 자신의 강인함과 연약함을 동시에 진실하게 표현한 혁명의 우상을 가진 것도 부럽다. 나는 필리핀의 혁명사는 잘 모르지만 이 시를 통해 혁명 중의 낭만과 폭력, 강인함과 연약함을 똑똑히 체감했다.

얼마 전 누가 시는 정말 시간을 초월할 수 있느냐고 물었다. 이 얼마나 거대하고 난해한 문제인가. 시험 삼아 이 글을 초보적인 답으로 제공하고자 한다.

오해 속 시의 재미

시는 절대 시공을 초월할 수 없다. 다른 시대, 다른 언어로 표현된 시적 의미가 어떻게 있는 그대로 전해질 수 있겠는가.

　우리는 서로 모순되고 상반된 듯한 극과 극의 견해를 읽거나 들은 적이 있다. 하나는 시가 신비하고 보편적인 진리를 담고 인류 공통의 감정을 건드려 천년이 지나도, 천 리 밖에서도 변함없이 효과적으로 희로애락을 촉발한다는 것이다. 또 하나는 시가 너무 어려워서 심지어 번역조차 할 수 없다는, 즉 우리는 번역을 통해 이질적인 정보를 흡수하지만 번역된 시는 필연적으로 사실과 달라지고 수준이 떨어지며 색과 빛의 세밀한 변화를 놓친다는 것이다.

　만약 우리가 경직된 텍스트 본위의 입장으로 시를 보지만 않는다면, 또 우리가 시에 더 크고 자유로운 읽기의 공간을 부여한다면 사실 두 견해는 꼭 절대적으로 모순되지는 않는다. 시는 뉴스나 물리학 논문과는 크게 다르다. 시는 지금껏 어떤 정보를 정확하게 전달하기 위해 쓰인 적이 없다. 시는 애매하면서도 지나치게 간략하거나 지나치게 수다스러운 언어 전략의 집대성인 동시에 가장 불량하고 엉망진창인 언어소통의 본보기다. 시는 소통되지 않거나 '발신/수신' 같은 일반 소통 모델을 사용하지 않기 때문이다.

시의 세계에는 고정적인 게 아무것도 없다. 시인이 문자로 된 시를 있는 그대로 독자 쪽으로 실어 나른 뒤 독자가 그것을 내려 수령하는 게 아니다. 시는 그런 식으로 작동하지 않는다. 시는 한 세트 한 세트, 지극히 개인적인 암호를 한데 조립해서 신비하지만 표준 답안이 존재하지 않는 질서를 구현하며, 시인과 독자는 공통적으로 그 신비한 질서의 존재를 깨닫는다. 이어서 신비한 질서가 거꾸로 암호를 해독하지만 해독된 암호의 답은 시인과 독자가 깨달은 질서의 내용과 완전히 다를 수도 있다.

시는 일종의 태도다. 시 한 편의 내용은 텍스트의 단어와 구절을 풀이한다고 해서 충실하게 드러나는 것 같진 않다. 시의 태도가 이끌어 가는 와중에 한 편의 시는 기존의, 기성의 텍스트 외에 더 많은 단어와 구절과 단락을 파생한다. 하지만 그것은 다 시가 포용하는 범위 안에 있다.

조르주 상드가 전원소설에서 인용한 짧은 프랑스어 시는 번역이 불가능하다. 사전에도 안 나오는 단어가 2개 있기 때문이다. 가령 사전에 'flambé'(귀신불)는 있지만 'flambettes'와 'flamboires'는 없다. 하지만 프랑스인은 보자마자 쉽게 이해한다. 그것이 시인 자신이 어미를 덧붙여 '귀신불'을 더 장난스럽고 활발하게 만든 '꼬마 귀신불'이라는 걸. 프랑스인은 이어 더 회심의 미소를 지을 수도 있다. 시인이 프랑스어 명사가 남성 여성으로 나뉘는 걸 이용해 일부러 남성인 '꼬마 귀신불'flamboires을 만들어 내서 한밤중에 여자아이들을 꾀어 길을 잃게 한 걸 알기 때문이다. 만약 여자아이가 아니라 남자아이였다면 여성인 '꼬마 귀신불'flambettes을 등장시켰을 것이다. 명사에 성이 없는 중국어에서 이런 시를 어떻게 번역하겠는가? 방법이 없다. 물론 해설을 통해 그 오묘함을 이해할 수 있기는 하겠지만.

심지어 시대와 문화의 차이로 인해 시의 의미 폭이 늘어나기도 한다. 그렇게 늘어난 의미는 원시原詩의 지시 범위를 이탈하기도 하지만, 역시 시가 촉발하는 보편적 상상 안에 존재한다.

중국어는 명확한 성 구분이 없지만 문자 사이에 자체적으로 남녀를 구분하는 습관이 존재한다. 예컨대 프랑스어 남성명사 'coquelicot'는 꽃 이름이긴 해도 발음하면 거친 닭 울음소리와 비슷하고, 타이완 중국어에서는 이를 '계관화'鷄冠花라고 부른다. 양자 모두 짙은 남성성을 암시하고 있다. 하지만 중국 본토에서 이 꽃은 무척 야한 느낌의 '여춘화'麗春花가 되었다. 남성성과 음성성의 변증법적 전환이 중의적 해석으로 시에 재미를 더해준다.

나는 어렸을 때 매릴린 먼로라는 할리우드의 미녀 배우를 알았다. 또 교과서를 통해 '먼로주의'를 제창한 미국 대통령 제임스 먼로를 알았다. 그런데 서로 아무 관련도 없어 보이는 두 사람의 성이 놀랍게도 똑같이 'Monroe'라는 사실을 아주 오랜 시간이 지나서야 알았다. 매릴린 먼로의 '먼로'는 여성적 느낌의 '夢露'로, 제임스 먼로의 '먼로'는 남성적 느낌의 '門羅'로 표기되었기 때문이다. 여기에도 어떤 오해 속 시의 재미가 있다고 생각한다.

시는 공개적인 은폐

안톤 체호프의 「입맞춤」이라는 소설에 러시아 포병여단이 이동 중 어느 소도시에서 하루 머무는 장면이 나온다. 저녁에 여단의 장교 19명이 그 도시의 한 퇴역 중장의 집에 초대되어 차를 마시는데, 그중 젊고 부끄러움을 타며 극도로 자신감 없는 라보비치 대위가 이 이야기의 주인공이다.

모임이 진행되다가 손님들이 춤을 추기 시작하자 라보비치는 거북함을 느낀다. 그는 평생 춤을 춰 본 적이 없고 또 평생 손으로 여자의 허리를 감싸 본 적도 없기 때문이었다. 서툰 춤동작을 보이지 않으려고 다른 몇 명과 함께 당구장에 가지만 거기서도 거북하기는 마찬가지였다. 그는 당구도 칠 줄 몰라 다른 사람들에게 방해만 되었기 때문이다. 어쩔 수 없이 다시 모두가 춤을 추는 큰 방으로 향했다.

그런데 라보비치는 그만 길을 잘못 들어 어느 작은

방에 들어갔고, 순간 어둠 속에서 젊은 여자가 달려들어 "이제야 오시다니!"라고 외치며 그를 안고 왼쪽 뺨에 입을 맞췄다. 그 여자는 곧 사람을 착각한 걸 깨달았다. 방에 들어온 남자가 자신이 애타게 기다리던 상대가 아님을 알고서 낮게 비명을 지른 후 달아났다.

기껏해야 몇 초간의 가벼운 입맞춤이었다. 그런데 그 몇 초가 라보비치에게 불가사의한 변화를 일으켰다. 그가 느끼기에 방금 여자가 향기로운 두 팔로 안은 목은 기름칠이라도 한 듯했고 여자의 입술이 닿은 왼쪽 뺨은 상쾌한 기분이 들었다고 체호프는 묘사한다. "그의 머리부터 발끝까지 알 수 없는 새로운 느낌으로 가득 찼고 그 느낌은 갈수록 커져만 갔다. (……) 그는 자신이 아무 특징 없는 외모를 갖고 있다는 걸 잊었다."

이튿날 그 소도시를 떠나 행군하는 중에도 라보비치는 여전히 그 입맞춤의 신비한 힘에 포위되어 있었다. 저녁이 돼서 그는 참지 못하고 자신의 그 희한한 경험을 동료들에게 들려주었다.

그는 무척 자세히 이야기했다. 그 몇 초간의 일은 그전에 이미 수백 수천 번 그의 머릿속을 맴돌았다. 하지만 놀랍고 슬프게도 그의 '연애담'은 몇 분 만에 끝나 버렸다. 더 이야기할 게 없었다. 본래 그는 자기가 이야기보따리를 풀기만 하면 다음 날 아침까지도 쉬지 않고 이야기할 수 있을 줄 알았다.

더 놀랍고 슬펐던 건 그의 동료들이 감동하지도, 별로 흥미를 보이지도 않은 것이었다. 그들은 곧 다른 동료의 진짜 선정적인 이야기에 귀를 기울였다. 기차에서 처음 만난 여자와 사랑을 나눈 이야기였다.

우리는 모두 과거에 그 놀라고 슬퍼하고 실망한 라보비치였던 적이 있다. 혹은 평생을 살면서 라보비치처럼 그런 난처한 일을 여러 차례 겪게 마련이다. 스스로 느끼기에 너무나 기쁘고 슬프고 아름답고 쓸쓸해서 마음속을 수천 번 맴돈 경험을 더는 혼자 감당할 수 없어 남에게 들려주려고 입을 열면 즉시 모든 게 변질된다. 그런 기쁨과 슬픔과 아름다움과 쓸쓸함을 전달하기에 알맞은 언어와 옳은 방법을 우리는 찾을 수 없다.

어떤 의미에서 보면 바로 그런 난처한 상황에서 문학의 필요가 생긴다. 라보비치가 전달할 수 없었던 감정을 우리는 체호프의 소설을 통해 이해한다. 그때 라보비치의 이야기를 직접 들으면서도 동료 장교들이 이해하지 못한 그의 현현epiphany*을 체호프 소설의 독자는

---

* 갑작스럽고 현저한 깨달음 혹은 자각. 「입맞춤」에서 라보비치는 불의의 입맞춤을 통해 이피퍼니에 이른다.

100년 후에도, 아득히 먼 곳에서도 이해한다. 이것이 소설의 마력이다. 말할 수 없고 설명할 수 없는 전후 맥락을 전혀 새로운 각도로 통찰해 분명하게 이야기하는 것, 이것이 소설가의 장기다.

그런데 그런 난처한 상황에서 시 또한 또 다른 도구를 제공한다는 걸 잊어서는 안 된다. 만약 소설이 라보비치가 느낀 입맞춤을 모두가 느낄 수 있는 공동의 계시가 되게 했다고 한다면, 시는 우리가 그 입맞춤을 신비로운 빛 속에 놓아두게 한다. 소설은 이야기하지만 시는 감춘다. 시가 감춘다는 건 말하지 않는다는 게 아니라, 입맞춤을 그저 라보비치의 머릿속에 남겨 둔다는 것이다. 시는 일종의 공개적인 은폐이자 악의 어린 희롱이다. 시는 자기가 여기에 특별한 걸 숨기고 있다고 알려 준다. 우리는 시가 이곳저곳에 이러저러하게 숨긴 어떤 암시나 모호한 윤곽을 이 구석 저 구석에서 간신히 발견할 수 있다. 하지만 시는 진짜가 무엇인지는 끝까지 밝히지 않는다.

라보비치의 고뇌와 실망은 그가 체호프만큼 숙련된 이야기 재주가 없는 데서 비롯되었지만, 그는 시인의 공개적 은폐 기교를 배운 적도 없었다.

나보다 정확하게 말하는 시

미국 코미디언 그루초 마크스는 "말하기 전에는 말해야할 중요한 일이 있긴 하다"라는 명언을 남겼다. 본래 중요하고 꼭 해야 할 말이 있어야 입을 열긴 하지만, 일단 입을 열고 말하면 그렇지 않게 돼 버린다는 의미다.

말해 놓고 중요하지 않은 느낌이 드는 건 아마도 자기가 한 그 말이 별로 대단하지 않으며 남들이 벌써 수백 수천 번 한 말이란 걸 깨닫기 때문일 것이다. 아니면 아무리 얘기해도 본래 자기 마음속에 있는 그 긴급한 중요성을 정확하고 적절하게 전달할 수 없기 때문일 것이다. 우리는 자신의 느낌과 생각이 아무리 중요해도 표현하고 전달하기가 녹록지 않다는 걸 실감하곤 한다.

이런 어려움을 이해하면 우리는 한 가지 이상한 진리를 알게 된다. 바로 우리의 마음속 느낌과 신체적 경험을 가장 정확하고 생생하게 전달할 수 있는 게 우리 자신의 말과 언어가 아닐 때가 많다는 사실이다. 우리는 다른 사람, 특히 시인에게 의지해 우리 마음속에 있는 언어 이전의 중요한 일을 이야기할 필요가 있다.

사람들은 내게 이렇게 묻곤 한다. 당신은 시와 대체 무슨 관계가 있기에 그토록 시를 좋아하고 시에 관한 이야기를 즐겨 하죠? 또 그런데도 왜 자기가 시인인 걸 부인하면서 시를 좋아하는 사람이 다 시인이 되는 건 아니라고 하는 거죠? 그런 말은 좀 모순적이지 않나요?

모순적이지 않다. 내가 시를 읽고 좋아하는 건 시가, 사물이나 언어에 극도로 민감한 시인의 그 작품이 나 대신 내 마음속의 가장 중요한 일을 말해 주기 때문이다. 나로서는 도저히 쓸 수 없는 시를 읽어야만, 이미 쓰인 시구를 인용해야만 비로소 나 자신의 생각을 이해하고 가늠할 수 있다. 시인의 시는 나 자신의 언어보다 더 나와 가까이 있다.

나는 시와 마치 여행 같은 관계를 유지한다. 시를 통해 하루하루 반복되는 일상에서 잠시 벗어나 어느 낯선 공간으로 이동한다. 여행이 가져다주는 가장 큰 변화는 바로 우리의 생활에서, 나아가 우리 자신에게서 떨어져 나오는 것이다. 그렇게 떨어져 나오고 나면 새롭게 신분도, 긴밀한 인적 네트워크도, 끈끈한 정서적 유대도 없는 떠돌이 영혼이 된다. 여전히 자신이지만 자신이 아니기도 하다.

여행 중에 우리는 수많은 낯선 사물을 본다. 풍경과 도로와 건물과 예술품 등을. 많은 경우에 어쩔 수 없이 낯선 자신을 보기도 한다. 그래서 단체 여행은 여행이라 할 수 없다. 늘 시끌벅적한 가운데 익숙한 본래 자신으로 같은 여행단 동료들을 상대해야 하고 또 남이 짜 준 스케줄대로 어떤 변수나 어려움 없이 모든 게 진행되기 때문이다. 하지만 낯선 곳의 변수와 어려움이야말로 낯선 자아를 비춰 볼 절호의 기회다.

시를 읽는 건 여행과도 같다. 소설이나 산문과 비교하면 시는 가장 비우호적이고 불친절하다. 시는 언제나 장애물을 가득 배치해 읽는 우리를 헤매게 한다. 배배 꼬인 시구와 기이한 이미지를 제공해 우리에게 익숙한, 안온하고 편안한 공간으로 돌아가는 걸 저지한다. 시는 우리에게 혼란하고 거대하며 장엄한 불확정의 위협을 가한다.

체호프는 어떤 사람이 거대하고 장엄한 낯선 사물 앞에 섰을 때의 심리적 반응을 다음과 같이 묘사한 적이 있다. "장려하고 거대한 낯선 사물과 마주치면 그게 풍경이든, 도로든, 건물이든, 예술품이든 상관없이 우리는 슬프고 답답하게도 저절로 숙명을 느끼면서 자신이 결국 이름 없이 살다가 역시 이름 없이 죽을 운명이라는 사실을 체감한다." 그런 거대하고 장엄한 사물과 비교하면 우리는 너무나 작고 보잘것없다. 이에 무기력해진 나머지 많은 사람이 충동적으로 주변의 어떤 도구든 집어 들고 바위, 나무, 기둥 심지어 예술품에까지 자신의 이름을 남기곤 한다.

그런 식으로 이름을 남기는 건 자아를 확장하려는 행위일 뿐만 아니라 그 거대하고 장엄한 사물을 자기 걸로 만들려는 시도다. 물론 바다, 산, 성당, 기념비, 아름다운 조각상이 정말로 우리 것이 될 수 없다는 걸 모르지 않는다. 하지만 그 슬프고 답답한 순간에 우리는 바다, 산, 성당, 기념비, 아름다운 조각상이 썩기 쉽고 썩을 게 분명한 우리의 육체와 정신보다 더 우리를 잘 대표할 수 있고 또 그래야 한다고 믿는다.

이것이 바로 나와 시의 관계다. 시를 읽으면 나를 감동시킨 시구가 기억에 남아 어떤 신비한 방식으로 내 것이 된다. 우리는 굳이 시인이 되어 시를 가질 필요가 없다. 시인이 아니어도 훨씬 더 많은, 자기가 쓰지 않았어

도 자신과 너무나 가깝고 호응하는 시를 가질 수 있기 때
문이다.

끔찍한 아름다움이 태어났다

우리는 그 충돌과 불길과 연기를 되풀이해 보았다. 거기에 굉음과 신음과 울부짖음도 있다는 걸 알고는 있었지만 시각을 통해서만 상상하고 비유할 수 있었다. 순간적으로 불꽃처럼 터지던 뒤섞이고 압축된 소리들. 유리와 철골과 비행기 날개와 석회와 인체와 생명과 영혼이 삽시간에 어우러진 어떤 명명할 수 없는 거대함. 거대함은 그것의 이름이 아니라 형용 불가능함 속에서 유일하게 끄집어낸, 무망하고 무능하고 무기력한 형용사였다.

그런데 그 장면이 되풀이해 나타났고 도망칠 수 없었다. 우리는 되풀이해 응시했다. 불가사의할 만큼 간절히 집중해서. 도망치려는 시도조차 해 보지 못하고 게걸스레 그 자극을 받아들이고 또 받아들였다. 비행기가 접근해 건물에 파고들기도 전에 다른 쪽 끝이 폭발했고, 세계무역센터 쌍둥이 빌딩이 연이어 무너졌다. 고체가 분명한데도, 가장 견고한 재료로 만든 초고층 빌딩인데도 일부는 우리 눈앞에서 녹아내려 보이지 않는 어떤 지옥 같은 심연으로 깊이 흘러내렸다. 다른 일부는 기체가 되어 무게 없이, 만유인력조차 못 붙드는 미립자가 되어 끝도 없이 위로 치솟았다.

우리는 되풀이해 보았고 또 되풀이해 물었다. 이건 대체 뭘까? 우린 대체 뭘 보았고 뭘 보고 싶어 하는 걸까?

기자가 보도한 사실과 전문가가 제공한 분석도 우리의 물음에 제대로 대답하지 못했다. 우린 그게 뉴욕의 랜드마크 쌍둥이 빌딩의 붕괴인 걸 알았고, 미국 역사상 최대의 테러 공격인 걸 알았고, 수천 명이 그 사건으로 희생된 걸 알았다. 하지만 그런 것은 우리 마음속의 가장 취약한 그 물음, 우리가 대체 뭘 보았느냐에 대한 답이 되지 못했고 심지어 그 물음과 관계조차 없었다. 우린 대체 뭘 보았을까? 우린 대체 무엇에 마음이 흔들린 걸까? 그 충격적인 재난 앞에서 우리는 왜 얼굴을 가리며 구석으로 피해 슬피 울지 않고 텔레비전 앞에 못 박혀 앉아 피하지도 울지도 못한 걸까?

오직 시인을 통해서만, 오직 시인이 인도하는 구불구불한 시의 길을 통해서만 우리는 우리 마음의 그 불안한 해역에 들어설 수 있다. 예이츠의 인도를 따라 1916년 아일랜드의 부활절로 돌아가 보면 "끔찍한 아름다움이 태어났다"A terrible beauty is born고 말하는 시인의 목소리가 들린다. 끔찍한 아름다움, 그게 바로 우리가 본 것이다. 끔찍하게 아름다웠고, 그 끔찍함으로 인해 무엇에도 비유할 수 없을 만큼 환상적이었다. 아름다움과 끔찍함의 결합은 불가능하면서도 너무나 생생한 결합임을 시인은 더 분명하게 보여 준다.

> 난 마음속 깊숙이 알고 있었다
> (……)
> 이 모든 게 변했다, 완전히 변했다
> 끔찍한 아름다움이 태어났다
> 지금과 영원한 미래에 그때의 녹색 옷을 입고 있을
>   때마다
> 모두 변했다, 완전히 변했다
> 끔찍한 아름다움이 태어났다

끔찍한 아름다움은 우리가 불변한다고 믿은 게 "모두 변하고, 완전히 변했다"는 데에서 비롯된다. 우리가 불변할 것이라 예상하며 붙잡고 있던 모든 가치와 판단이 더는 유효하지 않은 데에서 비롯된다. 나는 이 시를 보면 과거에 친구들을 데리고 뉴욕에 갈 때마다 정해진 코스를 못 피하고 카페리로 자유의 여신상을 보러 가던 날이 떠오른다. 맨해튼 남쪽 연안의 지평선을 돌아보면서 항상 그 상자 모양의 초고층 쌍둥이 빌딩에 대한 혐오와 싫증을 토로했다. 그 단조롭고 과장된 조형은 모더니즘 도시 운동의 실패를 유감없이 보여 준다고도 했다. 하지만 그건 그 빌딩이 계속 존재할 거라는 전제 아래 내린 가치판단이었다. 지금은 더 이상 지평선을 차지하지 못하는 그 빌딩에 대해 무한한 그리움과 아쉬움을 느낄 뿐이다.

모두 변했다, 완전히 변했다
끔찍한 아름다움이 태어났다

예이츠의 「1916년 부활절」에 나오는 구절이다. 예이츠는 이 시로 부활절 봉기에서 희생된 아일랜드 반란군 동지들을 기념했다. 그들은 4월 24일 무력으로 더블린을 점령했지만 곧바로 영국군에게 잔혹한 반격을 당해 4월 29일 항복했다. 이 비극, 이 역사의 침통함이 예이츠의 시를 낳았다.

2장

시의 가능성

숲속에 존재하는 걱정의 불

인류와 불의 관계는 어떻게 바뀌었을까.

6만 년 전부터 인류는 새로 배운 불 피우는 기술을 천천히 각 지역으로 가져갔다. 맨 처음에 불은 야간에 다른 동물의 위협으로부터 거주지를 보호하는 데 쓰였고, 굽고 끓여 음식의 풍미를 높이는 동시에 보존 기간을 늘리는 데에도 쓰였다. 이어서 불의 새로운 용도가 개발되어 인류는 건기에 숲 사이의 잡초와 낮은 관목 덤불을 태움으로써 한꺼번에 여러 가지 이득을 취했다.

그 이득 중 하나는 우기가 다시 왔을 때 숲 밑의 토양이 더 비옥해지고 태운 숲 사이에 충분한 햇빛이 비쳐서 식물이 더 풍성하게 자라난 것이었다. 덕분에 잡아먹을 수 있는 동물을 더 많이 기르고 유인할 수 있게 되었다. 그리고 또 다른 이득은 숲속에서 시야가 넓어져 투척 무기 사용을 막 익힌 인류가 유리해진 것이었다. 인류는 체형과 힘의 제한을 받지 않고 더 효과적으로 몸집이 큰 동물을 살상했다.

그러다가 약 1만 년 전 '신석기혁명'이 일어나고 농업이 생겼다. 최초의 농지는 다 숲에서 뺏어 왔다. 사람들은 껍질을 벗겨 나무를 고사시킨 후 그 고목에 불을 질러 재로 만든 뒤 천연 비료로 삼았다. 하지만 그렇게 개간한 농지는 얼마 안 가 다시 잡초에 점령당했고, 그러면 농민들은 다른 땅에 가서 또 나무껍질을 벗기고 고목에 불을 질렀다. 잡초 덮인 땅이 천천히 관목 수풀로 변하고 마지막에 다시 숲으로 복원될 때까지.

그런데 인구가 증가하면서 이런 순환과 균형은 더 이상 유지될 수 없었다. 숲 지대가 갈수록 줄고 사람들의 거주지가 밀집되면서 불에 대한 통제가 점점 더 엄격해졌다. 처음에 숲속에 있던 불은 차차 길들여져 집 안의 부뚜막으로, 도공이 쓰는 가마로 옮겨졌다. 청동기와 철기를 녹이는 용광로에도 옮겨졌다. 숲에 멋대로 놓았던 불은 더 이상 인류의 조수가 아니라 적이 되었다.

15세기 이후 화약의 발전과 19세기의 공업 혁명은 한편으로 불의 위력을 높였지만 다른 한편으로는 더 튼튼하고 엄격하게 불을 가두고 제한하는 용기容器를 찾아냈다. 탄창, 보일러, 자동차의 내연기관을 거쳐 분사엔진에 이르면서 인류는 최강의 불을 만들어 내는 동시에 불을 통제하고 조종하는 자신감도 최고조에 이르렀다. 심지어 불에 대한 수천 년간의 경외심을 잃고 갈수록 불을 경시하고 소홀히 하게 되었다. 아울러 인위적인 의지로 만들어진 게 아닌, 고도로 자유롭고 임의적인 숲속의 불을 적대시했다.

20세기 초 미국이 앞장서서 숲의 불에 대해 전혀 다른 태도와 접근 방법을 제시했다. "모든 화재는 예방할 수 있다. 적어도 불이 번져 들판을 태우기 전에 진화하거나 통제할 수 있다"라고 미 산림청은 선전하기 시작했다. 그전 사람들은 숲의 화재가 태풍이나 폭설 같은 자연현상의 일부이며 피할 수 없는 천재라고 생각했다. 하지만 20세기 이후로 숲의 불은 '천재'가 아닌 '인재'의 범주에 들어갔다.

미국은 숲속의 모든 불을 박멸하려 애썼다. 거의 한 세기 가깝게 놀랄 만한 투자와 놀랄 만한 발전 그리고 놀랄 만한 영웅적 스토리를 쌓아 올려 불과 숲은 본래 떼려야 뗄 수 없는 친구라는 인식을 바꿔 놓은 듯했다. 무고한 숲은 선한 보호를 받고 악하고 파괴적인 불은 멀리 쫓겨났다. 보기에는 그런 것 같았다.

하지만 보기에만 그럴 뿐이다. 1990년대부터 거의 매년 공포스러운 대화재가 발생해 몇만 헥타르씩 숲을 불태웠고 그 불길이 너무 세서 아예 상대할 수가 없었다. 그래서 전문가들은 비로소 깨달았다. 과거 수십 년간의 소방 안전 조치로 미국 서부의 광대한 숲속에 자연사한 폐목이 나날이 마르면서 엄청나게 쌓였다. 과거에 숲의 필연적인 신진대사는 빈번한 작은 화재에 의지해 이뤄졌다. 그런데 작은 화재까지 인간이 다 박멸하는 바람에 작은 화재는 오히려 큰 화재로 변했고 또 초거대 화재의 예비 연료가 되었다.

팽팽한 교착 상태가 형성됐다. 이제는 불이 났다 하면 어김없이 소방 요원들이 손도 못 쓰는 대화재다. 그래서 소방 요원들은 더 조심하고 더 적극적으로 순찰할 수밖에 없다. 하지만 그러면 더 많은 폐목이 쌓인다. 인간은 자기 자신을 어처구니없는 사각지대로 몰아넣었다.

나는 그 사각지대에서, 인간과 불의 관계에서 시의 운명을 보았다. 그리고 시가 한 사회에서 사라지면 생겨날 수 있는 위험도. 시는 격정의 순간적인 폭발이다. 다시 말하면 광적인 에너지의 순간적인 발산이다. 시의 매력을 모르고 시가 기능을 발휘하지 못하는 사회는 불가피하게 격정과 광기가 누적되고, 그 누적량이 어느 정도에 이르면 사람들은 더 이상 어떠한 격정과 광기도 발산하지 못한다. 발산하려고만 해도 제어가 안 되기 때문이다. 이에 더 세게 억누를 수밖에 없고 그러면 붕괴의 긴장감도 커진다.

사람들은 내게 왜 시가 있어야 하느냐고, 또 시는 왜 읽어야 하느냐고 물으면서 현실적인 이유를 알려 달라고 한다. 이게 바로 가장 현실적인 이유다.

바람의 날개를 단, 보이지 않는 불의 사자

1988년, 내가 미국 유학을 간 지 두 번째 되는 해에 옐로스톤공원에서 대형 산불이 났다. 산불은 7월 22일에 시작됐고 원인은 한 벌목공이 버린 담배꽁초였다. 불길은 한순간에 걷잡을 수 없이 번졌다.

　그해에 나는 여름방학이 시작되자마자 타이완으로 돌아갔다. 7월과 8월 타이완에는 미국에서 가장 황량한 와이오밍주에서 일어난 그 산불을 신경 쓰는 사람이 있을 리 없었다. 그해 여름 타이완 사람들은 활활 타오르는 정치의 불길에 온통 눈길이 팔려 있었다. 리덩후이*가 권력을 계승하고 아직 계엄 해제가 애매한 상태였던 과도기에 경찰총국이 레이전雷震**의 일기를 불태우는 바람에 큰 파문이 일어났다. 그리고 4년에 한 번 열리는 국민당 전국대표대회에서 어떻게 새 지도부가 꾸려질지 다들 궁금해했던 것도 기억난다.

---

*1988년 장징궈 총통의 사망으로 총통직을 이어받아 7, 8, 9대 총통을 역임했다. 대통령 직선제 도입, 계엄 해제 등으로 타이완 민주화에 크게 공헌했다.
** 타이완의 정치평론가 겸 작가로 타이완 초기 민주화운동의 대표자 중 한 명이다.

8월 말 다시 미국으로 돌아가고 나서야 옐로스톤공원 산불의 피해가 보통이 아니란 걸 알았다. 관련 뉴스를 자세히 들춰 보니 최소 5만 에이커 면적의 숲이 벌써 타버렸다. 5만 에이커면 어느 정도 크기일까? 내 기억에 뉴욕 센트럴파크, 그 불가사의할 정도로 커 보이는 도심 녹지의 면적이 840에이커다. 또 뉴욕 맨해튼 카운티 전체가 겨우 1만 4천 에이커에 불과하다!

내가 더 경악한 건 그 산불이 세계 최고이자 미국에서 가장 유명한 국립공원을 집어삼킨 것이었다. 그리고 당시 미국 매체에서 논란이 되고 찬반 양측이 격론을 벌인 문제는 어떻게 산불을 끄느냐가 아니라 산불이 계속 타게 놔두느냐 마느냐였다.

본래 국립공원 관리사무소의 기본 입장은 산불이 날 만해서 났다는 것이었다. 발화 원인이 자연적이지 않긴 하지만 산불이 그렇게 크게 난 건 숲에 그만한 자연적 수요가 있었기 때문이라고. 온대 지역 숲은 아열대나 열대 지역 숲과 다르다. 기후가 너무 건조하기 때문에 늙어 죽은 나무가 썩어서 분해되기까지 너무 긴 시간이 필요하다. 그리고 썩어서 분해되는 기본 화학작용은 역시 산화인데, 불에 탄다는 건 빠르고 극심한 산화에 지나지 않는다. 옐로스톤공원 같은 산림지역은 거의 200년에 한 번은 큰 산불이 나야 한다. 안 그러면 숲에 죽은 나무줄기와 가지가 가득해져 외려 숲의 활력이 줄어든다.

나는 산불이 자연의 어떤 적극적인 조절 작용이라고 생각해 본 적이 없었다. 이 새로운 지식에 난 큰 충격을 받았고, 당시 보통의 미국인도 마찬가지였을 것이다.

산불은 계속되어 타 버린 면적이 수만 에이커에서 수십만 에이커까지 증가했다. 그런데도 대자연의 또 다른 조절 작용인 비는 영 내릴 생각을 하지 않았고, 9월이 돼서 "불에 탈 건 타야 한다"는 태도를 미심쩍어하는 목소리가 점점 높아지기 시작했다. 사람들은 옐로스톤공원이 온통 초토화될까 무서워하고 공원 주변에서 관광업에 종사하던 사람들은 생계가 끊길까 두려워했다. TV 시청자들은 화면을 통해 공포스러운 재난이 끝도 없이 이어지는 걸 가슴 졸이며 지켜보았다. 이렇게 강한 압력이 쌓이면서 마침내 연방정부는 총력을 다해 산불을 진압하기로 결정했다. 수만 명의 소방 인력을 동원하고 수천만 달러를 아낌없이 투입했다.

하지만 너무 늦은 듯했다. 산불은 마치 생명을 얻은 것처럼 통제를 거부했다. 뉴스에서는 산불 진압이 왜 이

렇게 어려운지를 두고 몇 날 며칠 토론을 벌였다. 그때 현
장에서 한 달 넘게 머물며 불을 쫓던 한 전문가가 TV에
나와 한 말이 생생하게 떠오른다.

> 큰불이 타오를 때는 불꽃이 대량으로 발생합니다.
> 그 불꽃은 사실 공기보다 가벼운 미립 물질로 계속
> 선회하며 상승하는데, 바람이 조금이라도 불면 빠른
> 속도로 날아갑니다. 날아가면서 계속 불완전하게
> 탄 결과가 바로 검은 연기입니다. 하지만 불꽃은
> 연기보다 더 멀리 날아갈 수 있습니다. 심지어 물질이
> 다 타 버리는 순간에도 한 덩어리의 뜨거운 공기로
> 변하니까요. 온도가 연소점보다 높고 종적을 전혀
> 알 수 없는 무형의 뜨거운 공기로 말이죠. 그 뜨거운
> 공기는 급속도로 냉각되어 역시 급속도로 하강합니다.
> 하지만 아직 연소점 이하로 냉각되지 않은 상태에서
> 다른 가연성 물질과 부딪치면 펑 하고 다시
> 부활합니다. 수백 미터, 심지어 수 킬로미터 밖에서
> 말이죠. 그러고 나면 옐로스톤공원 상공에 헤아릴 수
> 없이 많은 수만 수억 개의 작은 정령이 비상합니다.
> 그것은 관찰과 예측을 불허하며 어디로 날아가든 또

부활합니다. 소방관이 아무리 많아도 그것을 막거나 없애지 못하죠. 그것은 바람의 날개를 단, 보이지 않는 불의 사자입니다.

그는 단지 객관적인 지식을 말했을 뿐이다. 그런데 그 특별한 지식의 성질이, 밀도와 범위와 설명의 난해성이 부지불식간에 그가 시의 언어를 사용하게끔 몰아붙였다. 바람의 날개를 단, 보이지 않는 그 불의 사자들. 이것은 시의 언어인 동시에 화재의 확대 방식에 대한 가장 효과적인 서술이기도 하다. 시는 특정 장르의 작품이지만 시의 언어는 어디에나 존재한다.

옐로스톤공원 대화재는 9월 26일이 돼서야 겨우 진압되었다. 도합 125만 에이커에 달하는 숲이 탔으며 이것은 맨해튼 95개의 면적과 같았다.

때로 시의 부정이 시이기도 하다

시인 바이런에 관한 수많은 에피소드 중에서 나는 토머스 무어가 기록한 것이 가장 기억에 남는다.

1812년 스물네 살이었던 바이런은 어느 밤 어린 시절부터 알고 지낸 두 친구와 놀다가 거리의 가게가 다 문을 닫는 바람에 더 갈 데가 없어졌다. 바이런과 베일리는 서로 손을 잡고 머독은 웃고 떠들면서 정처 없이 거리를 떠돌았다. 그러다가 그들은 어느 집 문 앞 계단에서 거지 같기도 하고 창녀 같기도 한 여자를 발견했다. 바이런은 호의로 그녀에게 동전 몇 닢을 주려 했는데 뜻밖에도 그녀는 힘껏 그의 손을 밀쳤다. 그러고는 깔깔 웃으면서 잔인하게도 바이런이 절뚝대며 걷는 모습을 흉내 냈다. 바이런은 아무 말도 하지 않았다. 하지만 곁에 있던 베일리는 그가 격렬히 몸을 떠는 걸 느낄 수 있었다.

이게 바로 내가 말한 "그의 삶에서 가장 비참했던 경험조차 시와 같았다"는 것의 예다. 나는 바이런에게 그보다 더 비참한 일이 있었을 거라고는 상상하기 힘들다. 바이런은 선천적인 평발인 데다 치료도 잘못돼서 평생 정상적으로 걷지 못했다. 이런 결함을 의식하며 그는 스스로를 애써 단련했다. 그래서 훌륭한 크리켓 선수가 됐을 뿐만 아니라 권투, 검도, 승마, 수영까지 연습해 상당한 실력을 갖췄다.

바이런과 바이런의 시를 사랑한 사람들은 그가 발을 절었다는 사실을 거의 기억하지 못한다. 그들은 또 콜리지가 "빛이 나고 빛을 위해 살았다"라고 형용한 것처럼 바이런이 미남이었다고만 기억할 뿐, 그가 여러 차례 남이 못 알아볼 만큼 살이 쪘던 건 싹 까먹었다. 바이런의 가문은 본래 유전적으로 살이 쉽게 찌는 경향이 있었다. 바이런이 준수한 외모를 유지한 건 자학에 가까운 단식과 절식 덕분이었다.

우리가 이런 사실을 기억하지 못하는 건 그를 낭만주의 시대의 가장 전형적인 시인이자 영웅으로 기억하기 때문이다. 시인 영웅의 이미지는 그에게서 완성되었으며 후대의 시인은 다 규범적으로 그를 본받아야 했다.

우리가 기억하고 아는 바이런은 철두철미하게 불안한 영혼이었다. 그는 불안하고 우울했으며 때때로 뜨거운 감정을 폭발시키기도 했다. 그는 영원히 정착하지 못했고, 시간이 지나면 사라지는 사물들 때문에 또 영원히 후회하고 탄식했다. 그러면서 역시 영원히 현실을 익히지도 이해하지도 못했다.

루쉰도 젊은 시절 「악마파 시의 힘」에서 바이런을 추켜세우며 "반항에 뜻을 두고 행동에 목적을 두어 세상이 탐탁지 않게 여기는 시인이었다. (……) 대체로 세상에 순응하는 소리를 내지 않았고 목청껏 한번 소리 지르면 사람들이 듣고 흥분하여 하늘과 싸우고 세속을 거부했다. 그 정신이 후대 사람의 마음을 깊이 감동시켜 끝없이 이어지고 있다"라고 했다.

바이런은 세상을 혐오하고 모든 사람을 경멸했으며, 그렇기에 세상을 비웃거나 슬퍼하는 시를 썼다. 그런데 그의 시는, 그의 모든 혐오와 경멸은 외려 세상을 풍미하고 사람들의 마음 한구석을 건드렸다. 그것은 바이런이 실현한 시의 새로운 가능성이었다. 세상을 혐오하고 경멸한 그가 자신이 혐오하고 경멸한 세상의 환영과 포옹을 받은 건 기괴한 모순의 통일이었다.

그런데 그토록 고고했던 영혼이 깊디깊은 밤, 비천한 사회에서도 가장 비천한 존재인 한 여자의 멸시와 조롱의 눈빛에 그만 궁지에 몰린 것이다. 그의 영혼의 고귀함은 그 짧고 극적인 만남에서 완전히 가려지고 대신 절뚝대는 그의 불행한 발만 밖으로 드러났다. 가장 불행한 그 여인의 눈에는 바이런이 자기보다 더 불행해 보였다. 바이런은 그저 절뚝거리며 걷는 한 장애인이었다.

게다가 바이런은 반박할 방법이 없었다. 깔깔대는 여자에게 전혀 따질 수가 없었다. 그녀에게 동정을 베푼 게 외려 자신의 비루함에 대한 최적의 증명이 되기도 했다. 자기가 가장 싫어하는 세속적인 방식으로 사람을 연민했기 때문이다. 적어도 그 순간에는, 시와 시인이 뭐 하는 물건인지도 전혀 몰랐을 그 여자가 신비한 '바이런식 영웅'의 화신으로 상승했다. 그래서 세상이 자신에게 주려던 동정을 용감하게 거절하고 자신을 동정하는 사람이 사실 더 크고 심한 결함을 갖고 있음을 냉혹하게 지적했다. 그 순간 바이런은 시인인 동시에 시인이 가장 싫어하는 세상의 대표자였다.

바이런은 격렬히 몸을 떨 수밖에 없었다. 그런데 그에게는 가장 시적이지 못했던 그 비참한 순간이 또 다른 삶의 시학을 성취해 냈다.

시인이라는 직업

내게는 한 가지 모순이 있다. 더 많은 사람이 훌륭한 시를 쓰고 시 읽기의 즐거움을 알기를 바라면서도 누구에게든 시인을 직업으로 선택하라고 격려하지는 않는다.

　시는 삶의 방식이고 시인은 신분이다. 하지만 시와 시인, 이 두 가지와 세상 사이의 관계는 대단히 이상하고 특별하다. 한 명의 진지하고 집요한 시인이 되기란 매우 힘들다. 아니, 거의 불가능하다. 시는 우리가 일상적으로 사용하는 언어에 끊임없이 도전하며 낭만화 신비화를 통해, 그리고 극도로 과장하고 확대한 빛과 그림자, 열과 얼음, 희열이나 우울을 통해 새로운 표현법을 개발하고 새로운 느낌을 끌어낸다. 그리고 이 모든 노력과 활동은 단지 표면적인 문자 유희에 그치지 않고, 내부의 대뇌 또는 영혼 깊은 곳의 진실하면서도 격렬한 움직임과 관련이 있다. 시와 질서는 언제나 서로 대척점에 서 있다. 또는 자신의 독특한 질서를 찾기 위해 시는 부단히 기존 질서에서 벗어나고 또 그 기존 질서를 향해 돌아서서 큰 소리로 꾸짖거나, 차갑게 비웃거나, 오만하게 멸시하거나, 완전히 무시하는 척한다.

시인은 혁명가보다 더 곤란하다. 혁명가는 투쟁을 선언하고 반드시 혁명 이후를 책임져야 하며 미래의 다양한 청사진을 제시해야 한다. 혁명가의 이상은 태반이 실제와 동떨어져 있고 앞만 보고 뒤는 살피지 않으며 심지어 논리에도 전혀 안 맞지만 적어도 그들에게는 명확한 이상이 있다. 하지만 시인에게는 없다. 시인은 더 교활하고 복잡하다. 그들은 기존 프로그램을 그저 싫어하고 적대시하는 데 그칠 리 없고 또 그럴 수도 없다. 별도로 기존 질서를 끊임없이 조롱하고 이용하는 한편, 가까운 듯 먼 듯 거리를 조절하며 수시로 부정하고 부인한다.

이런 능력이 없으면 좋은 시를 못 쓴다. 기존 질서와의 이런 관계에 대한 깊은 이해가 없으면 좋은 시를 못 쓴다. 시인이라는 직업이 사실상 불가능한 건, 시의 정신과 태도가 시인과 하나가 되면 그 사람은 사회에서 극단적으로 괴이하고 혐오스러우며 사람들의 인내를 시험하는 문제아가 되기 때문이다. 하지만 시인이 사회에 적절히 잘 맞추며 평화롭게 살아도 우리는 분명 그라는 사람과 그가 쓴 작품 간의 부조화를 못 견딜 것이다. 예로부터 수많은 독자가 존경하는 시인을 직접 보고 나서 실망한 심정을 기록으로 남겼다.

소수의 시인만이 자기가 쓴 시처럼 살았다. 바이런은 그 소수 중에서도 소수였다. 정착을 모르던 그의 삶과 격렬하고 변덕스러운 개성 그리고 낭만적인 사물을 추구한 용감하고 절대적인 태도는 그 자신이 쓴 시와 똑같았다. 그의 삶에서 가장 비참했던 경험조차 시와 같았고 그의 죽음 역시 풍부한 시학적 의의를 갖췄다.

하지만 바이런의 가족은 그로 인해 공포영화보다 더 무서운 악몽을 겪었다. 아내가 출산을 앞뒀을 때 바이런은 밤새 아래층 방에서 병으로 천장을 두드렸다. 또 막 태어난 딸을 보았을 때 비분이 교차하는 어조로 말했다. "나한테 얼마나 고통을 가져다주려는 것이냐!" 그 아이는 태어난 지 한 달 만에 엄마와 함께 바이런의 곁을 떠났다. 바이런은 죽을 때까지 그 아이를 다시 보지 못했다.

바이런의 아내는 그와 겨우 11개월을 같이 살았다. 그녀는 모든 사람이 숭배하는 바이런을 극도로 미워했다. 심지어 딸에게 흐르는 바이런의 피가 염려스러워 바이런과 관련된 얘기를 극구 숨겼을 뿐 아니라 놀라운 의지로 딸이 시와 가장 거리가 먼 것을 배우게 강요했다. 바로 수학, 순수하고 절대적인 이성과 질서였다.

바이런의 딸 에이다 바이런은 상당한 명성을 누린 수학자였다. 세계 최초의 프로그래머인 그녀를 기리며 미 국방부는 프로그래밍언어의 이름을 '에이다'ADA라고 짓기도 했다. 하지만 사실 에이다 바이런은 사실 그렇게 대단한 인물은 아니었던 것 같다. 수학 실력이 그리 탁월하지는 않아서 여러 가지 기본 개념에 어두웠다. 하지만 당시 가장 최신 성과로서 수학계의 주류 세력에게 외면받았던 '해석기관'(컴퓨터의 원형)에 대해서는 확실히 열정적으로 연구했다.

다시 말해 에이다 바이런은 가장 엄밀한 수학 영역에서 가장 불안정하고, 신뢰할 수 없고, 신기하면서도 괴이한 분야를 찾아 관심과 정력을 쏟았다. 그리고 그녀의 이름이 오늘날까지 알려진 건 그녀의 수학적 성취 때문이 아니라 그녀가 시인 바이런의 딸이었기 때문이다. 대시인의 딸이 대수학자가 된 드라마틱한 이야기에 사람들이 매료된 것이다.

그녀는 자신의 아버지, 궁극적이고 절대적인 시인 바이런에게서 끝내 벗어나지 못했다.

계속 옷을 입혔다 벗겼다 하기

근대 프랑스의 위대한 화가 중 한 명인 자크루이 다비드는 프랑스대혁명의 가장 혼란한 시기를 경험했다. 그의 『테니스 코트의 맹세』는 대단히 유명하고 중요한 작품이지만 오늘날 전 세계 미술관과 박물관을 다 돌아다녀도 찾을 수 없다. 이 작품은 사라지지도 도난이나 전란으로 훼손되지도 않았다. 다비드가 완성하지 못했을 뿐.

이런 미완성 작품이 왜 유명하고 중요할까? 미국 하버드대학교의 포그미술관과 루브르박물관에 다비드가 그림을 위해 준비하던 초안과 그 그림에 관한 기록이 남아 있기 때문이다. 『테니스 코트의 맹세』가 완성되지 못한 건 다비드의 작업 속도가 느렸던 게 주된 원인이다. 그가 바쁘게 초안을 준비할 때 본래 그림에 들어가기로 돼 있던, 그와 함께 혁명 참여를 맹세했던 영웅들이 속속 단두대에 올랐다. 그들은 목숨을 잃었을 뿐만 아니라 위신까지 크게 떨어졌다. 게다가 그들을 단두대로 보낸 새

125

권력자들은 다비드의 정치적 동맹자들이었다.

우리는 왜 다비드가 그 그림을 완성하지 않기로 결정했는지 당연히 이해할 수 있다. 정치 국면이 너무 빠르게 변동했던 탓에 본래 역사에 영원히 영광의 증거를 남기려던 예술적 노력이 미처 성과를 내지 못하고 영광도 어느새 치욕으로 뒤바뀌어 버렸다. 정치의 무정한 반복과 예술의 무기력함이 이 사례에서 너무나 또렷이 대비적으로 드러난다.

그런데 이것 외에도 또 한 가지 흥미로운 점이 있다. 바로 다비드가 왜 시간을 질질 끌며 그림을 다 못 그렸는지 추적하면서 발견하게 된 그의 특별한 그리기 습관이다. 그 장중하고 중요한 그림을 준비하는 과정에서 다비드는 먼저 그림에 등장하는 각 인물의 정확한 나체 초고를 소묘로 그린 뒤 그 위에 일일이 적당한 복장을 그려 넣으려 했다. 그러고 나서 개별적으로 연구해 둔 인체 형상을 합쳐 그림상 위치를 정하고 다른 사물을 배치해 세부 초안을 완성하려 했다.

그런데 초안을 정식으로 캔버스에 옮겨야 할 순간이 왔을 때 다비드는 뜻밖에도 앞선 과정을 되풀이했다. 다시 나체 인물상을 그리는 것부터 시작해 전체 과정에

126

서 그림 속 인물에게 상상의 옷을 입혔다 벗겼다 하기를 두 차례나 한 것이다. 그러니 그렇게 오래 걸린 게 당연했다!

후대 예술사가들은 이 과정에 대해 많은 논의를 벌였다. 어떤 이는 다비드의 그런 습관이 사실 묘사에 대한 그의 철저한 신념을 반영하며 18~19세기 서양의 회화 기술을 대폭 끌어올렸다고 말했다. 하지만 기술적 측면 외에 심리적 의식적 측면에서 접근한 사람도 있었다.

솔직히 그렇게 상세하게 묘사한다고 해서 마지막에 복잡한 복장에 가려지는 신체 부위의 사실성을 더 높이지는 못한다. 특히나 초안을 이미 완성한 상태인데 다시 인물을 발가벗기는 건 기법상으로 정말 근거를 찾기 어렵다. 그리고 다비드는 결코 순진한 사실주의자가 아니었다. 이 세계의 진상을 구체적으로 드러내고자 했던 게 아니었다. 단지 그런 이유였다면 그는 대가가 될 수 없었을 것이다. 다비드가 전력투구한 건 어떤 아름다움의 원칙과 장면을 발견하고 그것을 현실처럼, 진실처럼 표현하는 것이었다.

이런 각도로 보면 다비드는 눈과 귀를 헷갈리게 하기 쉬운 옷을 벗기고 신체의 어떤 내적 원형으로 돌아가야만 자기가 원하는 아름다움의 원칙과 장면을 찾을 수 있다고 믿은 듯하다. 그는 예술의 힘으로 원점에 돌아가 신체를 개조해야 그 형상이 충분히 캔버스에 옮겨 놓을 만하다고 스스로를 설득할 수 있었다. 아마도 그는 아름답지 못하고 완벽하지 못한 어떤 디테일이 옷에 가려져 있다가 몰래 작품 밖으로 기어나오지 않을까 염려한 것 같다. 그래서 귀찮음을 무릅쓰고 거듭 옷을 벗기고 또 벗긴 것이다.

다른 한편 그는 그림 속 거물들에게 입힌 옷을 벗기기를 거듭 즐긴 것 같기도 하다. 그들에게 허위와 존엄과 장중함을 주는 옷이 벗겨지고 나면 그들에게 뭐가 남을까? 예술가는 예술적 능력으로 그들을 조롱하고 굴복시킨 뒤 다시 그들에게 새로운 신성성을 부여하는, 만물을 화육하는 듯한 최고의 즐거움을 누렸을 것이다.

그럼 한번 생각해 보자. 시는 도대체 어떻게 현실을 대해야 하는가? 시는 현실과 어떤 관계를 유지해야 하는가? 이 크고 어려운 문제 앞에서 나는 다비드의 태도가 제일 먼저 떠올랐다. 끊임없이 옷을 입혔다 벗겼다 하기. 시도 마땅히 이래야 한다.

존재의 최하층은 스타일

빌럼 더 코닝은 20세기의 중요한 화가로 그의 창작 생애
는 여러 예술 스타일이 유행한 시기에 걸쳐 있었다. 열두
살에 학교를 그만두고 1924년부터 로테르담 미술공업
학교를 야학으로 다니다가 1926년 스물두 살에 미국으
로 이민을 떠났다. 그때부터 1990년까지 그는 수십 년
간 창작을 쉬지 않았다.

　그런데 놀랍게도 코닝은 만년에 알츠하이머병에 걸
렸다. 이 병은 천천히 사람의 뇌를 침식하며 조금씩 기억
을 없앤다. 환자는 우선 최근 일을 까먹고 이어서 먼 과
거의 일을 까먹는다. 마지막에는 기본 생활에 필요한 요
령까지 다 까먹어서 그야말로 아기 수준으로 퇴화하고
만다.

　알츠하이머병으로 코닝은 1986년에 이미 자기 이
름도 쓸 수 없었다. 그런데 1990년이 돼서야 완전히 붓
을 놓았다. 바꿔 말해 그는 잔혹한 병에 뇌가 거의 침식

돼 아무것도 할 수 없는 상태에서도 여러 해 그림을 그린 것이다.

　더군다나 그의 그림은 그의 생활 기능처럼 유치하고 조잡한 수준으로 퇴화하지 않았다. 알츠하이머병의 영향을 받게 된 후의 작품은 비록 장년기처럼 즉흥적이고 변화무쌍하지는 않아도 상당히 중후하고 엄숙하게 변했다. 젊었을 때 단번에 그었던 선을 이제는 수백 번에 걸쳐 신중하고 섬세하게 그려 냈다. 그의 그림이 여전히 고도로 전문적인 수준을 갖췄고 누구든 첫눈에 그의 스타일을 알아볼 수 있다는 건 부인할 수 없었다.

　회화사의 예를 하나 더 들어 보자. 인상파의 대가 클로드 모네는 자연적인 빛과 그림자의 변화를 포착하는 데에 가장 능했다. 정원은 그의 예술과 불가분의 관계였다. 누구나 그가 그린 수련을 알고 있다. 빛과 그림자의 질감을 충분히 나타내기 위해 그는 정태적인 풍경을 그렸다. 그의 가장 유명한 런던 철교 그림은 같은 각도에서 여러 번 그려졌다. 서로 다른 날씨에 꿈결처럼 바뀌는 풍경의 빛깔을 표현하는 가장 중요한 포인트는 정태적인 풍경에서 아침, 정오, 황혼, 빗속의 느낌을 드러내는 것이었다. 각기 다른 시간대에 런던 철교를 오가는 사람들이 어떤 일에 종사하고 어떤 심경 변화가 있었는지는 모네의 관심 대상이 아니었다.

하지만 만년에 초대형 수련 그림을 다 그린 모네에게 큰 변화가 생겼다. 그는 계속 초대형 작품을 그리겠다는 야심을 보류하고 역시 같은 자연물이기는 하지만 평온한 수련에서 제멋대로 스스로를 과시하는 버드나무로 관심을 돌렸다. 버드나무의 동태성은 별로 주목받지 못하는 모네의 만년 작품 가운데 중심적인 위치를 차지한다. 당시 모네의 창조력은 갑자기 공간에서 시간으로 옮겨졌던 것 같다. 평면적이고 정태적인 형식으로는 헤아리기 어려운 시간을 탐구했기에 이 시기 모네의 그림은 확실하고 구체적인 형상을 떠나 뜻밖에도 인상파에서 추상파로 이어지는 통로를 열었다.

모네는 인상파에서 추상파로 나아갔지만, 그래도 우리는 만년의 그 어지러운 작품에도 역시 그만의 표식을 똑똑히 확인할 수 있다. 그 일관된 특징이 무엇인지는 설명하기 어렵고 그저 '스타일'이라고 부를 수밖에 없다.

알츠하이머병에 걸린 늙은 화가와 형식 파괴에 나선 늙은 화가는 여전히 자신의 '스타일'을 갖고 있었다. 알츠하이머병은 코닝이 자기 이름도 못 쓰게 만들었지만 그의 스타일은 어쩌지 못했다. 심리학자 올리버 색스가 "스타일은 한 사람의 존재 최하층에 속하는 부분이어서 정신이 이상해져도 가장 마지막까지 남는다"라고 한 말이 과연 옳았다.

시인과 좋은 시인 그리고 좋은 시인과 위대한 시인의 차이는 내가 보기에 '스타일'의 강도와 깊이에 있다. 시인은 좋은 시를 쓸 수 있지만 좋은 스타일을 창조하고 안착시켜야만 비로소 좋은 시인으로 올라설 수 있다. 그리고 위대한 시인 같은 경우 굳건하고 강인하며 심지어 난폭하기까지 한, 스타일에 대한 자신감과 자주성이 읽히는 시를 쓴다. 세월이 흘러도, 세계가 파괴되어도, 시간이 멈춰도 자신의 스타일을 계속 과시하겠다고 선언하듯.

코닝처럼 강력한 스타일이 정면에서 확 닥쳐오면 우리는 저절로 겸손해지고 우리에게 감동과 전율을 가져온 건 내용도 형식도 어떠한 유형의 정보도 아니란 걸 배운다. 코닝의 말을 빌린다면 그건 "두렵지 않은데도 전율이 가득한" 기이한 느낌이다.

말할 수 없는 아름다움이자 영락없는 예술

미국의 여성 화가 비야 셀민스는 1970년대에 그림 그리기를 완전히 그만뒀다. 대신 조형예술로 관심을 돌려 『이미지를 기억에 남기기』라는 창작 프로젝트를 시작했다.

이 프로젝트의 제목은 추상적이고 공허하며 정서적인 암시(특히 회고적 정서)가 가득하지만 실제 창작 방법은 간단하면서도 경이로울 정도로 냉담했다. 셀민스는 돌멩이를 구해 와 그 돌멩이를 본떠 청동 주물을 만들었다. 그다음에는 최대한 원형과 비슷하게 그 주물에 색을 입혔다. 셀민스는 장장 5년이나 집중해서 이 프로젝트를 수행했다. 그렇게 돌멩이 11세트를 만들었다. 세트당 돌이 2개인데 외견상으로는 구분이 전혀 안 간다. 하지만 동시에 지나칠 수 없고 설명할 수 없으며 포착할 수도 없는 어떤 차이가 있다.

진짜와 가짜가 섞인 22개의 돌멩이를 보는 경험은

대단히 특별하다. 각 세트의 돌은 서로 똑같이 생겼지만 우리는 보는 순간 다르다는 걸 느낀다. 이에 관람자는 스스로 추궁하고 분석하지 않을 수 없다. 두 물체는 분명히 똑같이 생겼는데 우리는 왜 완전히 똑같다고 받아들이지 못할까?

여기에서 셀민스의 작품과 그녀가 본래 밀접하게 관여한 '하이퍼리얼리즘' 사이의 복잡한 관계를 끌어내 보자. 하이퍼리얼리즘은 카메라 렌즈로 포착해 내는 '리얼리티'에 대한 의문에서 출발했다. 그들은 그야말로 사진처럼 사실적인 형상을 그렸지만 그 형상 뒤에는 결코 근거가 되는 '리얼리티'가 없었다. 하이퍼리얼리즘에서 그토록 사실에 가깝게 그림을 그린 건 '사실을 그리는 것'의 기만과 부실함을 폭로하기 위해서였다. '하이퍼리얼리즘' 작품은 작품을 통해 이런 메시지를 던졌다. "당신은 시각적 현실과 가까운 사진 속 형상이 믿을 만하다고 생각하는가? 나도 당신에게 사진만큼 사실적인 효과를 보여 줄 수 있다. 하지만 내 그림 속 형상이 과거의 특정 시공간에 존재한 적은 없지 않은가?"

하이퍼리얼리즘의 도발과 문제의식은 셀민스에게서 한 걸음 더 발전했다. 그녀의 돌멩이와 사진이 가장 크게 다른 점은 돌멩이의 출처다. 똑같은 돌멩이 세트를 보고 우리가 즉시 의심을 품는 건 일단 우리의 경험에 기반한 자연에 대한 뿌리 깊은 기대 또는 믿음 때문이다. 우리는 자연계에 아무리 헤아릴 수 없이 많은 돌멩이가 존재해도 2개의 돌멩이가 진짜 완전히 똑같을 수는 없다고 믿는다. 육안으로 분간하기 어려울 만큼 서로 비슷한 돌멩이가 존재한다 하더라도 그걸 찾아낼 확률 또한 매우 희박하기 때문이다.

관람자가 진짜 돌멩이와 청동제 돌멩이가 무슨 차이가 있는지 실제로 알아채는 것 같지는 않다. 단지 그들은 11세트 22개의 돌멩이가 그렇게 짝을 이뤄 나타날 수 있다는 걸 심리적으로 못 받아들이는 것이다. 그러고는 비로소 아주 세밀하고 은밀하며 이성적으로 설명하기는 힘들어도 감성적으로는 믿어 의심치 않는 차이를 발견한다.

알고 보니 우리는 자연의 다양성과 자연적 사물의 유일성에 그토록 강한 믿음을 갖고 있었다! 셀민스의 돌멩이 작품은 이처럼 분명하게 우리를 일깨우는 동시에 다양하고 유일한 자연과 비교해 인간이 만든 물건이 얼마나 단조롭고 무미건조하며 통일적인지도 일깨워 준다. 우리는 사진 두 장이 서로 어떻게 일치하는지, 또는 사이다 두 병과 A4 용지 두 장과 모델이 같은 키보드 두 대가 서로 어떻게 다른지 묻지 못한다.

5년에 걸친 셀민스의 노고로 예술의 또 다른 단서가 명시되었다. 그건 바로 아무리 예술가의 간섭을 배제하고 자연에 충실하려 노력해도 인간이 만든 물건에는 자연에 없는 요소가 남을 수밖에 없다는 것이다. 예술은 흔히 인간이 자연에 덧붙인 것에서, 너무나 자연스러워 보이는 어떤 미묘한 요소에서 탄생한다.

이것은 예술의 가장 신기하고 이해하기 어려운 부분이다. 돌멩이를 본뜬 그 청동 주물은 본래 돌멩이에는 없는 요소를 지녔고, '아름다움' 외에 다른 개념으로는 설명할 수 없는 의미를 구성한다. 우리는 그것이 아름다움임을 알지만 아름다움일 수 있는 원리는 결국 도출해내지 못한다.

양쩌楊澤*의 시 「발검」을 예로 들어 보자.

해질 무렵 슬픈 바람 거세다.
둘러보면 천지 사방 아득하다.

---

* 타이완의 편집자, 시인. 미국 프린스턴대학에서 동아시아학 박사학위를 받았고, 『중국시보』 출판부의 부편집장으로 다수의 인문서를 편집했다. 최근작 『장미학파의 탄생』을 비롯해 여러 권의 시집을 냈다.

검 뽑아 들고 동문으로 간다.

검 뽑아 들고 서문으로 간다.

검 뽑아 들고 남문으로 간다.

검 뽑아 들고 북문으로 간다.

이렇게 단순하고 뜬금없이 배치된 구절을 시라고
할 수 있을까? 당연히 시다. 좋은 시라고 할 수 있을까?
당연히 좋은 시다. 어디가 좋다고 말할 수 있을까? 말할
수 없다. 그건 마치 셀민스가 주조한 평범한 돌멩이처럼
말할 수 없는 아름다움이자 영락없는 예술이므로.

시인지 아닌지는 누구도

여러 해 전 치덩성七等生*은 「고양이」라는 소설을 쓴 적
이 있다. 거기에서 주인공 리더李德의 평소 생각을 기술
했다.

어느 해 초여름이었다. 이미 단오절이 지나갔지만
그에게 명절은 아무 의미도 없었다. 서머타임 때문에
오후 7시인데도 아직 밖에 햇빛이 비쳤다. 하지만 그는
황혼이 어떤 모습인지 따위에는 그닥 관심이 없었다.
그는 그들이 하고 싶어 하는 일 중 현대식 시인 역할을
멀리했다. 또 그들이 각자 모던한 감각으로 스스로를
치장할 때 그게 인간의 또 다른 미개함의 시작이라고
생각했다.

이 짧은 글에 시와 시인을 거부하고 경시하는 리더

---

* 타이완 모더니즘 문학의 대표 작가. 1962년 등단 이후 소설
124편, 에세이 137편, 시 56편을 발표했다. 주로 은둔하는 소
시민이 타이완 사회의 총체적인 압력에 저항하는 내용의 소
설을 썼고, 1989년에 화가로 변신하기도 했다.

(또는 작가)의 태도가 잘 나타나 있다. 시인이라면 분명 황혼에 대해 과도한 감정을 품고, 자신의 '모던한 감각'을 연기하고, 과시하고, 일부러 꾸며 낸다는 게 시와 시인에 대한 리더(또는 치덩성)의 명확한 지적이다. 하지만 "그들이 각자 모던한 감각으로 스스로를 치장할 때 그는 그게 인간의 또 다른 미개함의 시작이라고 생각했다"라는 노골적인 지적 자체에 시적 논리와 시적 정취 그리고 시적인 우울함이 가득하지 않은가.

시와 유사한 우울함과 예리함이 그 시기 치덩성의 소설에는 넘쳐났다. 예컨대 「사허의 비가悲歌」서두에서는 리원룽과 다른 마을 사람들 사이의 관계를 묘사하며 "다른 두 세계 간의 멸시처럼, 맨 처음에 호기심과 의심을 겪은 후 서로 그런 냉담한 평화를 유지하게 되었다"라고 했다. 리원룽의 어린 여동생 민쯔가 외지로 보내질 때 입은 옷에 대해서는 "오후의 눈부신 태양 아래 그 남색 새 옷은 남에게 맞아 생긴 피부의 멍인 듯 눈을 통해 부엌 문지방에 서서 바라보던 어머니의 마음에 찍혔고, 리원룽의 분노한 마음에도 찍혔다"라고 했다. 또 기생에 대해 말할 때는 "겉으로는 킥킥거리면서도 그녀들은 마음속 깊은 곳에 자기 비하와 의심을 숨기고 있었다.

또 분 바른 그녀들의 아름다운 피부 뒤에는 희망의 거대한 그림자가 드리워져 있었다. 그녀들은 스토아와 에피쿠로스의 첨병으로 인류의 두 얼굴이었다"라고 했다. 치덩성은 리원룽의 친구 밍황이 깊이 잠든 모습을 이렇게 묘사했다. "사람들은 죽음과도 같은 잠을 깊고 절박하게 좋아한다. 그는 이 녀석의 이런 모습을 전에는 한 번도 본 적이 없었다. 삶의 타격과 압박이 내면에 쌓이면 그 반응이 이토록 심한가 싶었다."

흥미로운 건 「사허의 비가」와 「고양이」를 쓴 치덩성이 「은둔자」에서는 일인칭으로 '참새 무늬 아가씨'에게 사랑을 표현하는 시를 삽입한 것이다. 적어도 형식적으로는 다음과 같이 행을 나눈 시를 소설의 촘촘하고 유장한 흐름 속에 끼워 넣었다.

별안간 오한이 들어
떨고 있어요, 나는
소중히 숨겨 둔 속이야기
글로 대신하기는 하지만
그래도 펜 앞의 상념과 진실은
(당신에 대한 유일한 느낌과 공명은)

신성하고 비밀스러운 마음의 소리죠

그런데 오늘 그 보물을 열다 녹슨 걸 알고

때로 욱신대는 아픔을 느꼈답니다

얼마나 밋밋하고 무미건조한 시구인가!

　때로 시의 부정에서 오히려 시가 분출된다는 게 앞에서 분명하게 드러났다. 어떤 신비하고 모순적인 힘이 조화를 부린 탓에 치덩성은 소설의 인물과 구성으로 오히려 시적인 의미를 서술했다. 하지만 여기서는 또 반대로 진짜 시로 사유를 전개하는데도 시의 기예와 아름다움이 그의 펜에서 멀어졌다. 이보다 더 모순적이고 풍자적인 일이 또 있을까?

　형식적으로 시이고, 작가도 시라고 자인한 작품인데도 시로 보이지 않는 건 역시 우리가 불가피하게 시의 기예와 아름다움의 당위적 기준에 따라 가늠하기 때문이다. 시인지 아닌지는 작가 자신이 마음대로 정의할 수 있는 게 아니다. 마찬가지로 수많은 작가가 아예 시에 관심이 없는데도, 심지어 시를 배척하고 반대하는데도 자신의 글과 사유로 대담하고 교묘하게 일반적인 문법의 제한을 어기고 일찍이 자극받아 본 적 없는, 심지어 그런

게 있는지도 몰랐던 우리의 어떤 시적 신경을 건드리곤
한다. 그 특수한 신경에 전류가 전해졌을 때 우리는 시의
쾌감 또는 비애를 얻는다.

치덩성이 그려 낸 루다오푸魯道夫라는 인물은 "나는
스스로 약한 걸 아는 신이다"라고 자술했다. 이 말을 통
해 치덩성은 또 가장 정확하게 시인을 묘사해 냈다. 엄밀
한 언어의 그물에 사로잡힌, 스스로 약한 걸 아는 그 신
은 전부 영락없는 시인이다.

시와 연금술

우리에게 연금술은 너무 낯설다. 몇 가지 이미지가 있을 뿐이지만 죄다 부정적이다. 연금술은 미신이고 어리석은 헛수고이며 현대 화학이 출현하기 이전의 물질에 관한 잘못된 개념이다, 아무짝에도 쓸모없으며 비루한 일확천금의 꿈이 만들어 낸 우스꽝스러운 활동에 불과하다…….

그런데 난 가스통 바슐라르의 책에서 연금술에 대한 아낌없는 예찬을 읽었다.

> (연금술은) 자아실현의 범신론, 자아를 무수한
> 실험으로 바꾸는 범신론이었다. 연금술사는
> 실험실에서 몽상을 실험으로 바꾸려 했다. 이에
> 연금술의 언어는 몽상의 언어, 우주적 몽상에 관한
> 모어母語가 되었다. 이 언어는 그가 과거에 꿈꿨던
> 것처럼 고독 속에서 학습되었다. 그는 한 권의 연금술

책을 읽을 때만큼 고독했던 적이 없었다. 마치 "세계에 혼자만 있는" 듯해서 얼른 세상을 꿈꾸고 태초의 언어를 말했다.

연금술의 황금은 왕권과 특권과 통치의 특별한 수요를 물화物化한 것이었다. (······) 몽상가가 황금을 얻으려 한 건 결코 어떤 아득한 사회의 용도를 위해서가 아니라 직접적인 심리적 필요 때문이었다. (······) 연금술사는 의지를 행사하고 향유하며 자신의 '웅대한 의지' 안에서 스스로를 찬미하는 몽상가였다.

이 두 단락, 특히 뒤의 단락은 마치 시와 시인에 대한 예찬 같다!

바슐라르의 안내에 따라 더 나아가면 또 한 권의 중요한 저작을 찾아낼 수 있다. 그것은 바로 카를 구스타프 융의 『심리학과 연금술』이다. 이 책에는 연금술의 고귀하고 장려한 측면이 담겨 있는데 연금술과 시 사이의 더 명확한 연결 관계도 확인할 수 있다.

시처럼 연금술도 기존의 현실 질서에 반하기도 하고 영합하기도 했다. 시와 연금술이 혁명, 유토피아적 몽상과 가장 크게 다른 점은 여태껏 모든 걸 뒤엎고 부정하려 한 적이 없다는 데 있다. 연금술사는 세계 전체를 황금으로 바꾸려 한 적이 없다. 그들은 현실의 혼란하고 저렴해 보이는 사물 속의 그 혼란함과 저렴함을 고귀하고 비싼 황금으로 바꿀 방법이 숨겨져 있다고 고집스레 믿었을 뿐이다.

연금술이 현실 질서에 반했던 건 가장 구체적으로 현실의 평범함과 혼란과 저렴함을 강조해 지적했기 때문이다. 과학과 달리 그런 평범함과 혼란과 저렴함을 출발점으로 삼지 않았다. 과학은 먼저 평범하고 혼란하며 저렴한 현실을 받아들여야 비로소 충실하게 관찰과 대조와 분석을 수행할 수 있다. 연금술사는 현실을 초월해 자기 힘으로 황금을 창조하길 꿈꿨다. 하지만 그 황금도 현실의 사물을 바꿔 만들어 내는 것이지 하느님이나 어떤 신비한 힘이 내려주는 게 아니었다. 다시 말해 연금술사가 실험실에서 온통 먼지를 뒤집어쓰며 일해 얻은 성취였다. 따라서 이런 태도는 또 현실에 대한 영합이었다.

리투아니아 출신의 시인 체슬라브 밀로즈가 시인은 언어의 연금술사라고 말했던 게 기억난다. 시인은 연금술사처럼 놀랄 만큼 강한 의지력을 가졌으며 남들이 당연하게 받아들이는 일상의 평범함과 저렴함 그리고 고도로 독재적인 언어 체계를 받아들이지 않는다. 그들은 일상적인 언어를 재료로 삼아 본래 일상생활에 속하지 않은 황금을, 어떤 정서와 의미의 황금을 창조해 내려 한다.

소설은 상대적으로 마술에 가깝고, 시는 영락없는 연금술이다. 먼저 소설은 허구의 특권에 의지해 사람들의 눈을 어지럽히며 마술을 부리듯 현실을 자유자재로 다뤄서 갈채를 받는다. 소설가가 속이고 현혹하는 대상은 마술사와 마찬가지로 독자와 관중이다. 소설가는 마술사처럼 스스로는 정신이 또렷하고 냉정하다. 그런데 시인은 자신과 대면하고 자신을 설득해야 한다. 혹은 자신을 속여야 한다고도 말할 수 있다. 그는 자기가 황금이라고 믿는 걸 찾아야 하는데, 속일 사람도 없고 속이는 게 의미도 없다.

어떻게든 황금이 아닌 걸 황금으로 바꾸려는 사람이 연금술사와 시인이며, 이들은 똑같이 존경할 만한 강한 의지력의 소유자다. 우리는 돌연 연금술의 몰락과 시의 발흥이 서양에서 거의 동시에 일어났고, 이는 우연이 아닐 수도 있다는 사실을 깨닫는다. 동시에 서양 현대시 내부에 존재하는 강인한 힘은 동서양의 전통시보다 연금술에서 찾아야 할 수도 있다고 깨닫는다.

하지만 시는 확실히 연금술보다 운이 좋고 성공적이었다. 시인들이 몽상과 노력의 기록뿐만 아니라 황금처럼 순수하고 아름다우며 태양 아래 눈부시게 빛나는 시를 대량으로 남겼기 때문이다. 그것은 평범하고 저렴하며 무료한 일상 언어에서 변조해 낸, 값을 매길 수 없는 진짜 보물이다.

'완벽한 언어'의 추종자

뤄즈청羅智成*의 시집 『꿈속 책방』에서 이런 시구를 보았다.

> 둘 다 언어로 문제를 해결하지만 시인은 거짓말쟁이와
> 이런 차이가 있다
> 시인은 보통 자기가 만들어 낸 의미의 첫 번째 신도다
> 그게 그가 다른 사람을 감동시키는 기초다
> 시인은 그래서 옥석이 뒤섞인 자기 작품에 계속
>   우롱당한다……

이건 앞에서 내가 쓴 글과 생각이 완전히 같다.

하지만 자신을 감동시키고 자신에게 신뢰를 주는 구절을 쓰기만 하면 다 시라고 얘기하는 건 아니다. 시는 그렇게 단순하지도, 값싸지도 않다. 사람들이 보통 거론하는 예, 세상의 홀대를 탓하며 그들이 옹호하는 작가와

---

* 타이완의 시인, 문화평론가, 언론인으로 연작시, 서사시, 극시 등 다양한 시 형식을 실험했고 오늘날 타이완 시단에서 장시 창작을 가장 잘하는 시인으로 알려져 있다.

작품에 대해서도 못을 박아 둬야겠다. 내가 판단하기에 그 작가와 작품은 시인도, 시도 아니다. 적어도 좋은 시인과 좋은 시는 아니다. 아마도 그들은 진실할 것이고 자신이 쓴 구절에 깊이 감동하기도 할 것이다. 하지만 그건 자기애와 자기만족에 빠지기 쉬운 그들의 취약한 성격과 감정 과잉, 다정다감함을 증명할 뿐이지 시의 세계와는 거리가 멀다.

나의 이해와 상상에 따르면 시의 세계가 존재하는 첫 번째 요인은 바로 현실 언어 세계와의 단절이다. 만일 우리가 기존 언어 세계에 살면서 일상언어 속 "사랑해" "꽃이 얼마나 아름다운가" "숭고하고 위대한 인격" 같은 말에 감동하고 그런 말을 믿을 수 있다면 시의 세계는 굳이 존재할 필요가 없을 것이다.

뤄즈청은 왜 시인과 거짓말쟁이를 비교한 걸까? 왜냐하면 그 둘은 다 동기와 출발점이 현실을 그리는 것과 무관하기 때문이다. 하지만 시인은 거짓말쟁이보다 보통 야심이 더 크고 확고한 의도를 가졌다.

시인은 기존 언어의 느슨함과 무원칙을 불신한다. 의식적이든 무의식적이든 시인은 일상생활에서 서로 치환할 수 있는 장면과 구절이 너무 많은 걸 참지 못한다.

그들은 서양 중세에 '완벽한 언어'를 추종했던 신학자의 계승자다.

신학자가 '완벽한 언어'를 추구한 건 신이 만든 세계의 삼엄한 질서를 인위적이고 느슨하며 무원칙한 묘사 방식이 교란하고 파괴하는 걸 참을 수 없었기 때문이다. 또 올바른 종교 교육을 펼쳐 이단의 출현을 근절하고 싶었기 때문이다. 사실 이단은 성경 글귀에 대한 다양한 해석에서 나온다는 걸 그들은 알고 있었다. 그래서 세계에 정확히 대응하는 언어를 발명하려 했다. 하나의 사물에는 하나의 명칭만, 한 가지 사태에는 한 가지 묘사 방식만 있기를 바랐다.

시인은 일반적인 언어가 적용되지 않는 자기 안의 감정과 정서를 발굴하기 위해 언어 실험을 수행한다. 훌륭한 시인은 창작 과정에서 필연적으로 현실 언어에 대한 불만, 심지어 저주를 표출한다. 그는 우리가 "이 정도면 됐지"라고 생각하는 표현 방식을 순순히 받아들이는 법이 없다. 그가 불만스럽거나 우울하거나 거칠게 "이게 아니야" "이것도 틀렸어" "진짜 의미는 이렇지 않은데" "분명히 더 정확한 표현이 있을 거야" "이건 내 말이 아니야" "이건 내 진짜 감각이 아니잖아"라고 반복해서 말하는 모습이 눈에 보이는 듯하다.

시인은 이처럼 유일하게 대응하면서도 전혀 고칠 필요가 없는 언어, 묘사, 표현을 찾아내는 야심이 있어야 한다. 그래서 시 한 편 한 편은 모두 그와 현실 언어 세계 간의 싸움이거나 적어도 불화다. 그는 쉬지 않고 기존 언어 혹은 문법과 논쟁을 벌이는데, 우리는 그 논쟁 과정을 살피며 이치를 납득할 수도 있다.

그 논쟁에서 이겨야만 시인은 '자기가 만들어 낸 의미의 첫 번째 신도'가 된다. 그래서 마지막 성과가 아무리 자연스럽고 편안해 보여도 그의 내면은 고단하기 그지없다.

이런 야심과 의도도 없이 느슨하고 무원칙한 언어를 그저 받아들이는 수준에 머물면 작가 자신이 아무리 감동해도 그걸 시로 쓰지는 못한다.

> 그래요, 내 사랑, 내 달콤한 말을 실현할게요
> 지구를 청소하고, 예법과 악률을 정하고, 설거지와
>   빨래 널기를 하고
> 길거리 늘어선 가게 간판과
> 길가의 개천과 나무 그늘과 화초를 디자인하고

딱딱한 종소리와 그 종소리가 전하는 아침을

　닦을게요

　이건 뤄즈칭이 시로 포착한 유일하고 변경할 수 없
는, 심지어 현실의 결혼식으로도 수정할 수 없는 「꿈속
결혼식」이다. 이것이야말로 시이고, 시인 자신과 세상을
지속적으로 감동시키고 우롱한다.

새로운 이력서

1996년 노벨문학상은 폴란드 시인 비스와바 쉼보르스
카에게 돌아갔다. 수상식에서 그녀는 '시인과 세계'라는
제목으로 연설했다.

그녀는 시인이라는 직업의 위치 설정에 관해 이야
기하면서 이렇게 말했다. "시인은, 진정한 시인은 (……)
끊임없이 '난 모른다'고 말해야 합니다. 모든 시는 이 말
에 답하려고 들인 노력으로 볼 수 있지요."

시인은 '모르기' 때문에 시를 쓰기 시작한다. 하지만
시를 통해 시인이 정말로 '알게' 되면, 정말로 안심할 만
한 답을 자기가 찾았다는 생각이 들면 기괴하게도 그는
시인의 자격이 취소된다.

시인은 왜 그렇게 많은 시를 쓰는 걸까? 쉼보르스카
의 생각은 이렇다. "그는 종이 위에 마지막 마침표를 찍
자마자 주저하다 깨닫기 시작한다. 눈앞의 이 답이 절대
완전치 않으며 배제된 대용품일 수도 있음을. 이에 시인

은 실험을 멈추지 않는다. 자신에 대한 불만에서 발전돼 나온 이런 일련의 성과는 조만간 문학사가의 커다란 파일에 꽂혀 그들의 '작품 전집'이라 불릴 것이다."

바꿔 말하면 영원히 답을 찾을 수 없기에 시인은 노력을 멈출 수 없다는 것이다. 하지만 한 발짝 뒤로 물러서서 질문해 보자. 왜 시인은 언제나 의혹을 느끼고 찾은 답이 자신을 만족시킬 수 없다고 생각하는 걸까. 세상을 보면 정치가부터 과학자, 변호사, 교사에 이르기까지 수많은 사람이 우리에게 엄청난 양의 답을 제공하고, 우리는 그 답이 조직한 의미망 안에서 살아가며 다른 이들과 협력하고 소통하지 않는가.

어떤 각도에서 보면 우리는 그런 까닭에 시인이 왜 항상 그렇게 외롭고 괴팍해 보이는지 이해한다. 그건 바로 다른 사람들이 기본적으로 전제가 주어진 답을 받아들이는 걸 늘 못마땅해하는 데에서 기인한다. 그런 까닭에 우리는 또 왜 시라는 장르 형식이 겉으로는 외부를 향해 표현하면서도 한사코 외부의 의견을 거부하는지 이해한다. 시인이 표현하려는 건 바로 보통 사람들이 습관적으로 믿는 개념에 대한 불만과 부정이다. 그들은 잘난 체하며 자신만의 답을 찾고 고집한다. 하지만 다른 한편으로는 자기를 비하하며 그 답을 믿지 않는다.

　시인은, 진정한 시인은 대부분 잘난 체하면서도 자기를 비하한다. 그들의 괴팍한 개성과 변덕스럽고 거친 성질은 거의 그들이 시 예술을 추구하는 과정에서 얻은 직업병이다. 그들은 오만하면서도 자신감이 없다.

　쉼보르스카는 시인이 "태양 아래 새로운 건 없다"는 말을 믿지 않기 때문에 그렇다고 설명한다. 그녀는 "태양 아래 새로운 건 없다"고 처음 말한 구약성경 전도서의 저자를 만났다고 상상하며 그에게 완곡하게 항의한다. "나는 당신이 '난 이미 모든 걸 써서 더 이상 보충할 게 없다'고 말할 거라곤 믿지 않아요. 그렇다면 세상에 입을 열 수 있는 시인은 한 명도 없을 거예요. 당신처럼 위대한 시인은 절대 그런 말을 할 리 없어요."

　시인은 하늘 아래 얼마나 많은 일이 되풀이되고 있는지 모르지 않는다. 단지 받아들이지 않을 뿐이다. 시인이 정말로 엄청나게 새로운 일과 사물을 찾고 창조해 낼 것 같지는 않지만, 그들은 굳게 결심하고 사람들의 답과 계획을 거부하면서 독단적으로 그 답과 계획 뒤에 또 다른 다양한 의미가 있을 것이라 믿는다. 이런 회의와 끊임없이 추궁하는 정신이 "태양 아래 새로운 건 없다"는 말을 무조건 부정하게 만든다.

쉼보르스카의 「이력서」라는 시를 예로 들어 보자. 이 시에서 그녀는 아주 평범하고 전혀 신선할 게 없는 이력서를 자세히 들춰 보며 일련의 질문을 쏟아 낸다.

우리 인생은 이렇게 긴데 이력서는 왜 이렇게 짧을까? 우리가 몸담았거나 보았던 풍부한 풍경을 왜 무미건조한 주소로 대신해야 하나? 우리 인생에 가장 큰 영향을 끼친 기억, 사랑과 친구와 꿈 그리고 개와 새와 고양이는 왜 이력서에서는 자리도 의미도 없을까? 우리가 어떤 단체에 참가했고 어떤 방식으로 어떤 영광과 칭호를 얻었는지 그 과정과 동기는 전부 중요하지 않다는 건가? 더 중요한 건, 이런 것이 빠진 이력서의 그 사람은 진짜 '나'와 어떤 관계인가? 그것도 '나'인가? '나'가 아니면 왜 나를 대표하고 대체해 이 사회의 평가를 받을까?

시인의 이런 끈질긴 추궁 끝에 돌연 우리 눈앞에 물음표가 가득한, 완전히 새로운 이력서가 나타난다.

훨씬 뜨겁게 세계를 사랑하므로

단어를 가져오는 이들이 다 혐오스럽다, 단어는
　언어가 아니다
난 흰 눈 덮인 섬으로 나아간다
황야에는 단어가 없고
텅 빈 페이지가 사방으로 펼쳐진다!
난 눈밭 속 사슴 발자국을 만진다
언어는 단어가 아니다

스웨덴의 시인 토마스 트란스트뢰메르의 짧은 시다. 이
게 바로 내가 말한 시인의 본능에 가까운 괴팍함과 괴팍
함의 연원에 관한 설명이다. 우리가 잘 아는 가장 훌륭한
시의 영혼에는 세계에 대한 사랑과 격렬하고 극단적인
혐오가 동시에 존재한다.

　비록 시에서는 염세적 의미의 비관적 분위기가 항
상 느껴지지만 시인은 결코 염세주의자가 아니다.

그런데 넌 아무것도 아니다, 지팡이로 시대의 얼굴을
  치는 사람도
새벽빛을 머리에 이고 춤을 추는 사람도 아니다
이 무책임한 도시에서 네 책은 사흘이면 망가져
  종이로 돌아간다
넌 어둠으로 얼굴을 씻고 그림자와 결투한다
넌 유산을 챙기고, 혼수를 챙기고, 죽은 자의 어렴풋한
  외침을 챙긴다
넌 방에서 나왔다가 다시 들어가고 싹싹 손을
  비빈다……
넌 아무것도 아니다

이런 시는 지극히 비관적이고 세계에 대한 평가도
지극히 낮다. 하지만 시인의 기본 태도는 포기나 자멸과
는 거리가 멀다. 그가 찾으려는 답은 모든 걸 폐기하는
것일 리 없다. 평범하고, 따분하고, 무의미하고, 부도덕
한 모든 걸 깡그리 불태워 날려 버리는 건 또한 절대 아
니다. 시인이 마지막에 다다른 결론은 다음과 같다.

할렐루야, 난 아직 살아 있다

일하고, 산책하고, 악인에게 경의를 표한다, 그 미소와
　영원함
살기 위해 살고, 구름을 보기 위해 구름을 보며
뻔뻔스레 지구의 한 조각을 차지하고 있다
콩고 강가에 눈썰매 한 대가 서 있는데
그게 왜 그렇게 멀리 와 있는지 아는 사람은 없다
아는 사람 없는 눈썰매 한 대가 거기 서 있다

　시인의 혐오는 사실 그들이 삶에서 자신의 마음을
크게 움직이는 수많은 정보를 민감하게 보고 듣는 데에
서 비롯된다. 그 정보는 아름다울 수도, 평온할 수도, 복
잡하고 어지러울 수도, 숭고하고 초월적일 수도 있다. 물
론 진부하고 사악할 수도 있고. 그 정보는 시인의 마음속
에서 트란스트뢰메르가 말한 '언어'를 구성한다. 하지만
그 '언어'는 기존의 '단어' 안에는 존재하지 않는다.
　시인이 될 사람은 다른 사람보다 훨씬 더 자기가 어
렴풋이 들은 '언어'에 마음을 쏟는다. 사람들은 대부분
성장기에 사회화될 때 그 '언어'를 무시하고 차단하도록
교육받는다. 그리고 대신 남들이 받아들일 수 있는 현행
의 '단어'로만 표현하고 소통한다. 우리는 '단어'가 표현

할 수 있는 것만 세계의 합법적인 일부로 인정하고 받아들일 수 있고 '단어'가 못 건드리는 곳에는 발을 들이지 못한다.

우리는 '단어'의 죄수가 되어 '단어'가 그려 놓은 범위 안에서만 자유를 누린다. 그게 진정한 자유라고 착각하며 산다. 왜 이렇게 계속 자만하는 걸까? 왜냐하면 우리는 '단어'가 제한하는 범위 밖의 세계에 대해 꼭 다가가야겠다는 강한 사랑과 충동이 별로 없기 때문이다.

시인이 추구하는 건 한편으로는 새로운 '언어', '사방으로 펼쳐지는' 언어이며, 다른 한편으로는 그 '언어'가 포괄하고 묘사할 수 있는 더 광대한 세계다. 많은 경우 이 두 가지는 서로 긴밀히 얽혀 엎치락뒤치락하며 상대의 꼬리를 삼키려다가 끝내는 더 이상 양쪽을 구분하지 못하게 된다.

시인은 때로는 자기만의 방식으로 우리 세계를 기록하고, 발굴하고, 분석한다. 또 때로는 우리가 볼 수도 들을 수도 없는 세계를 창조해 우리는 시인의 '언어'를 통해서만 그 세계의 존재를 느낄 수 있다. 물론 대부분의 경우 이 두 가지는 분별하기 어렵다. 우리는 어느 지점에서 현실 세계에 대한 시인의 이질적인 글쓰기가 멈추고,

기괴하고 색다른 시적 환상의 세계가 시작되는지 알지 못한다.

두 세계 사이를 왔다 갔다 하는 시인은, 그리고 '단어'와 '언어' 사이에서 끊임없이 발버둥 치는 시인은 필연적으로 괴팍하다. 시인은 보통 사람보다 훨씬 뜨겁게 세계를 사랑하므로 자기가 보기에 세계의 독특함을 모독하는 진부하고 판에 박힌 말을 혐오할 수밖에 없다. 시인은 가장 단호한 혐오로 세계에 대한 자신의 사랑을 표현한다.

할렐루야, 시는 아직 살아 있다.

이곳의 비바람은 영원히 멈추지 않을 듯

「그대 늙었을 때」라는 시를 썼을 때 W. B. 예이츠는 젊고 기운이 왕성했으며 문학과 정치 경력을 시작한 지 얼마 되지 않았었다. 그래서인지 시의 어조가 완만하고 편안하다.

그대 늙어서 머리가 세고 잠이 많아졌을 때
난롯가에서 끄덕끄덕 졸면 이 책을 꺼내기를
그리고 천천히 읽으며 다시 꿈꾸기를
예전 그대 눈의 부드러운 눈길과 깊은 그림자를

시에서 짙은 회고의 분위기가 풍기고 흐른 세월에 대한 실의도 보인다. 심지어 상상이 가미된, 후회해도 소용없는 슬픔까지 느껴진다.

(……) 사랑은 어떻게 달아나고

또 머리 위 높은 산 위를 거닐다가
별 무리 속에 그의 얼굴을 감췄는지

그런데 노화나 죽음에 대한 슬픔과 공포는 확실히
행간에서 안 느껴진다. 단지 시풍과 태도의 문제가 아니
다. 더 근본적인 건 상상과 실제 이력 사이의 차이다. 예
이츠처럼 낭만주의와 모더니즘 사이에 있던 시인의 장
기 중 하나는 분명 상상과 구상이었다. 하지만 노인의 심
경에 대한 예이츠의 형상화에서 우리는 그의 상상과 구
상의 한계를 명확히 감지할 수 있다. 인간의 모든 감정과
감각 중에 희로애락은 마음의 눈으로 쉽게 투시되는 편
이다. 오직 두려움과 두려움 속에 숨겨진 의심과 실의와
혼란 그리고 자포자기와 자기 연민만 경험의 울타리를
벗어나기 어려우며, 상상과 구상의 천부적인 능력에 포
착되기도 어렵다.

특히 삶의 끝이 점점 다가오는 것에 대한 두려움이
그러한데, 마크 스트랜드가 시에서 이를 생동감 있게 표
현한 바 있다.

여기는 내가 잠들면

163

허락되는 장소

하지만 깨어나면 다시 빼앗긴다

여기는 누구도 모르는 장소

여기에서 배와 별의 이름은

손 닿지 않는 먼 곳으로 흘러간다

산은 더 이상 산이 아니고

해는 더 이상 해가 아니다

본래 어떤 것이었는지조차 점점 기억이 안 난다

나 자신을 본다, 내 이마 위

어둠 속 한 점의 빛을 본다

난 예전에 모자란 게 없었고, 예전에는 젊었다……

지금은 그랬던 게 소중하게 느껴지고

내 목소리가 당신 귀에 닿을 것만 같다

하지만 여기의 비바람은 영원히 안 멈출 것 같다

이 시의 제목은 「한 노인이 자신의 죽음에서 깨어나다」인데, 무라카미 하루키가 르포르타주 『약속된 장소에서』 서두에 인용하면서 뜻밖에 수많은 일본어 독자를 만났고 이어서 더 뜻밖에 중국어로 옮겨졌다. 노년과 죽음은 마크 스트랜드가 자주 다루는 소재로, 죽음의 경험

을 묘사한 「안타까운 일은 이미 일어났다」라는 명시도
있다. 최근 그가 쓴 신작에는 이런 구절도 나온다.

번화한 파티를 떠날 때 알았다
이미 80세가 넘었는데도
훌륭한 육체를 가져야 한다는 걸……

사실 마크 스트랜드는 80세가 아니다. 1934년생이
니 아직 일흔도 안 됐다.* 하지만 그의 시에는 죽어 가는
노인과 이미 죽은 노인이 반복해 출현한다. 80세가 넘었
는데도 우아한 자태를 유지하며 인간 세상을 떠나야 하
는 노인도 있다. 이런 시에는 스트랜드의 진정한 두려움
이 반영되어 있다.

「그대 늙었을 때」를 쓸 때의 예이츠는 스트랜드의
「한 노인이 자신의 죽음에서 깨어나다」 같은 시를 쓸 수
없었다. 보통의 노인도 이런 시를 쓸 수 없다. 스트랜드
가 가진 것 중 글을 쓰는 능력 외에 더 중요한 건 자신과
세상에 대한 깊은 애착이다. 이토록 강한 애착이 없다면
이토록 깊은 두려움도 없을 것이다.

스트랜드가 정말로 자신과 세상에 연연한다는 걸

* 저자가 이 글을 쓴 연도는 2001년이다. 165

어떻게 알 수 있을까? 그가 67세에 기꺼이 영화에 출연하고 심지어 새로운 연기 인생을 계획했던 것을 통해 알 수 있다. 스트랜드가 조연으로 출연한 영화의 제목은 『첼시 호텔』이며 감독은 에단 호크다. 난 그 영화를 본 적이 없고 타이완에서 상영됐었는지도 잘 모른다. 단지 시인 마크 스트랜드가 그 영화에서 민완 기자 역을 연기했고 분량도 적지 않았다는 보도를 봤을 뿐이다. 듣자 하니 시인은 영화에서 꼭 학자풍의 클린트 이스트우드처럼 보였다고 한다. 기자 연기를 한 시인을 진짜 기자가 찾아가 인터뷰했을 때 시인은 이런 말을 했다. "어떤 연기든 기회만 오면 주저하지 않고 뛰어들 겁니다. 하지만 대사가 좀 많고 연기력을 발휘할 여지도 좀 있었으면 좋겠어요."

그는 정말로 67세의 열정적인 할리우드 신인배우였다. 문득 왜 시 속의 노인이 죽음에서 깨어나려 했는지 이해가 갔다. 단지 미련 때문이 아니라 돌아와서 죽은 자는 죽음에 대해, 또 모든 것에 대해 본래 의미를 잃는다는 걸 전하기 위해서였다. 죽은 자에게는 클린트 이스트우드도 없고, 할리우드도 없고, 진짜 기자와 가짜 기자가 나누는 대화의 공허한 두려움도 없다. 그런 두려움과 관

련해서는 클린트 이스트우드나 할리우드나 기자나 모두
무능하다. 그런 두려움은 오직 시인만 표현할 수 있다.

여기로 오시오, 안에 들어가 찾아봅시다

시는 독자에게 예사롭지 않은 요구를 한다. 다른 일반적인 장르와 전혀 다른 요구를. 그 요구는 시인이 얻은 고도의 자유, 거의 무책임에 가까운 자유에서 비롯된다. 시인은 자유롭다, 전통적인 형식에 얽매이지 않아도 될 만큼. 그래서 하늘을 나는 작은 새처럼 행복한 시인은 어떻게 시를 읽어야 하는지를, 특히 시의 정합성을 유지하는 책임을 우수에 찬 표정의 독자에게 통 크게 넘긴다.

그런데 사람들은 수많은 시를, 설령 명작으로 추앙받는 시일지라도 그저 아무렇게나 조각을 긁어모아 놓은 것처럼 본다. 따라서 이런 의문이 제기되는 게 당연하다. 우선 시인은 이런 시구 뒤에 저런 시구를 정말 진지하게 생각하고 연결하느냐고 묻는다. 이런 단락에 왜 저런 단락을 삽입하느냐고도 한다. 또 시는 기본적인 구조적 규칙조차 전혀 지킬 필요가 없느냐고 묻는다. 사실 나는 이런 곤혹감을 전적으로 이해한다. 왜 기껏해야 시 몇

편만을 겨우 살피면서 경계와 혐오의 눈빛을 보이는지
도 전적으로 이해한다.

　시인은 사람들이 상대적으로 더 좋아하는, 질서 있
고 흐름이 명확한 시를 쓰지 못한다. 이유는 매우 간단하
다. 그들이 시를 쓰는 건 바로 절대에 가까운 자유와 방
임의 상태에서 어떤 다양한 의미와 정서와 감각적 경험
을 창출해 낼 수 있는지 탐색하기 위해서이기 때문이다.
이는 우리가 신발 장인에게 왜 만드는 물건이 머리에 쓰
면 불편하냐고 따지지 못하는 것과 같다. 그들은 다른 것
을, 다른 목적과 다른 기능을 가진 것을 만든다. 전부 시
라고 불리기는 하지만 말이다. 백화점에서 신발과 모자
가 함께 패션 잡화 코너에 있다고 해서 모자의 기준으로
신발을 가늠할 수는 없다.

　시인과 독자는 아주 이상한 관계다. 바로 SM, 즉 가
학과 피학에 가까운 관계다. 시인은 자유로운 사람이고
그의 자유를 보장하고 지키기 위해 독자는 줄에 묶인다.
자유는 다 시인의 몫이고 줄에 묶이는 건 다 독자의 몫
이다.

　독자가 시를 읽는 출발점은 시 속에 어떤 은밀한 정
합성이 존재한다는 믿음이다. 그리고 시를 읽는 도덕적

의무와 최대의 즐거움이 혼란스러운 표면 밑에 숨겨진 질서와 운율과 신비로워 말로 표현하기 힘든 총체totality를 찾고 발굴하는 데 있음을 받아들인다. 여기에서 한 걸음 더 나아가면 정합성이 더 정교하게 잘 감춰진 작품일수록 외려 독자에게 더 큰 즐거움을 준다.

T. S. 엘리엇의 「황무지」 첫 장 첫 단락을 보면 앞의 네 행에서 봄을 저주하고, 욕망에 불을 붙이고도 진짜 소생의 활력을 가져다주지 못하는 '가장 잔인한 4월'을 저주한다. 그리고 이어지는 세 행에서는 조금 반어적인 어조로 겨울, 우리에게 욕망을 잊게 하고 기본적인 생기만 남겨 준 겨울을 칭송한다. 그다음에 7행에서 갑자기 "여름은 우리를 놀라게 했다"라고 하는데, 단지 여름뿐만 아니라 이어지는 내용도 우리를 경악하게 한다. 왜냐하면 그건 휴가 중인 마리 라리슈 백작부인의 혼잣말이기 때문이다. 리투아니아, 어린 시절, 사촌오빠, 산속 그리고 자유가 거론된다.

그런데 두 번째 단락에 들어서자마자 마리 라리슈 백작부인은 싹 잊힌다. 다시 식물, 생장(또는 생장 불가능)의 주제로 돌아가 대지의 황량한 이미지가 파편적으로 제시된다. 신이 직접적으로 우리에게 말을 거는데, 신의 말이 떨어지자마자 바그너의 오페라 『트리스탄과 이졸데』가 끼어들어 우리에게 히아신스 아가씨의 이야기를 들려준다. 누구나 좋아하고 그리워하는, 종적을 알 수 없는 그 아가씨가 돌아오지 않아 "바다는 거칠고 쓸쓸해졌다".

이렇게 비약이 심한 시는 우리의 본래 질서 감각을 학대한다. 하지만 동시에 우리의 가장 깊고 강한 욕망을 일깨우기도 한다. 유전자에서 비롯됐을 수도 있고 현대의 혼란스러운 생활 중에 훈련되었을 수도 있는 어떤 본능으로 인해 우리는 이것이 짜깁기나 착각이 아니라 여러 경로에서 나온 암시로서 어떤 답을 가리키고 있다고 믿게 된다. 그리고 순결함을 추구하면서도 퇴폐적이고 부도덕한 그 시인이 어둡고 무서운 동굴 입구에 서서 우리를 향해 손을 흔드는 게 보이는 듯하다. "여기로 오시오, 안에 들어가 찾아봅시다."

우리는 용감하게 안으로 들어간다. 모두 용감한 시의 독자다. 의혹과 공포와 배척과 초조함을 지나 스스로 택한 학대 속에서 우리는 마침내 피학의 쾌락을 맛본다. 시인이 알려 준 그 동굴, 우리 자아 안의 블랙홀은 사실 우리가 학대받지 않았다면, 시인의 가혹한 요구를 겪지 않았다면 아예 존재하는지도 몰랐으리란 걸 깨달았기 때문이다.

시인의 잔혹한 열정이 우리를 떠밀어 찾아내게 하는 건 그의 세계가 아니라 우리 영혼의 어두운 그림자다.

3장

시가 내게 준 것들

시와 시인의 특권

시는 특권이다. 나는 계속 그렇게 믿어 왔다. 또 시인은
완전히 다른 존재다. 그래야 경멸하는 태도를 보이며 홀
로 남과의 거리를 벌릴 수 있기 때문이다. 나는 계속 그
렇게 믿어 왔다.

　　소년 시절에는 시와 시인을 조금 접하면서 그 안의
강한 자신감을 느끼고 나아가 그것을 추종했다. 창백했
던 그 독재 시대에 갖가지 억압과 제한이 눈앞 코밑까지
밀고 들어왔을 때 아주 얼마 안 되는 시의 암시와 계몽
이 뜻밖에도 힘든 청춘 시절을 보낼 수 있게 나를 도와주
었다.

　　하지만 그 시대에 나는 시의 특권이 도대체 무엇인
지 확실히 이해하지 못했다. 뭘 믿고 시인이 그렇게 오만
하며 세상 전체에 무례를 저지르는지도 알지 못했다. 다
른 사람들이 정치권력이나 부의 영향력에 매료되듯 나
도 불가항력적으로 시를 향해 나아갔다.

20년이 훨씬 지나서야 시에 내재한 특이한 권력이 차츰 이해되기 시작했다. 시와 시인은 정확할 필요도, 박학할 필요도, 남들이 규정해 놓은 논리에 부합할 필요도 없다고 허가받은 존재다. 시와 시인을 제외한 실제 세계의 발언에는 사실 엄격한 규칙이 있다. 가 보지 못한 곳에 대해서는 여행기를 쓸 수 없다. 정해진 술어를 안 익히고 전문적인 의견을 말하면 절대로 존중받지 못한다. 지식을 충분히 이해하고 소화하지 못한 사람의 강연은 들을 이유가 없다.

허구인 게 자명한 소설을 쓰더라도 시보다 더 엄격한 규칙을 따라야 한다. 소설의 사건과 언어는 상황 속에서 전개되어야 하고 상황의 구축과 배치는 풍부한 디테일에 의존한다. 또 그 디테일은 서로 논리적으로 일치해야 한다. 소설은 현실 논리를 벗어날 수도 있지만 훌륭한 소설은 꼭 일련의 독자적인 논리를 창출해야 하고 그것은 복잡할수록 더 조직적이어야 한다.

시는 다르다. 시인은 자기가 모르는 일에 대해서도 다 말할 수 있다. 심지어 스스로 무지를 창조하고 그 무지가 펼쳐 낸 신비의 장막 안에서 유유히 춤을 출 수도 있다.

시에 대한 나의 깨달음이 생각난다. 시인 양무가 자신의 어린 시절에 관해 쓴 글을 읽을 때였다. 당시 그는 화롄花蓮의 한 초등학교 교실에서 멀리 우뚝 솟은 산을 바라보고 있었다. 선생님이 하는 얘기는 전혀 귀에 안 들어왔고, 그 높은 산 위에 대체 무슨 일이 있을까 몰래 생각하고 있었다. 그 산은 너무나 신비하고 아득하고 숭고했다. 게다가 겨울이어서 정상이 눈과 얼음에 덮여 있었다.

그 산이 왜 그런지, 눈은 또 왜 그런지는 지식과 원리로 다 설명할 수 있다. 하지만 아직 자라는 중인 어린아이의 마음속에는 추측과 의심과 떨림이 남아 있고, 그게 바로 시 또는 시의 원형이다.

지식도 사실도 필요 없이 우리가 그런 추측과 의심과 떨림을 표현할 수 있다면 눈과 얼음에 덮인 그 산 정상의 가능하거나 불가능한 경치가 시로 형성된다. 그 경치와 눈과 얼음 그리고 산속의 떨리는 느낌은 사실이라는 기초가 없어도 괜찮다. 시가 완성되면 그게 다다. 이것이 시와 시인의 특권이다.

다른 질문을 하나 더 해 보자. 시는 '본토화'되어야 할까? 자신에게 익숙한 일과 감정만 묘사해야 하나?

내 답은 확실히 부정적이다. 그러면 시와 시인의 특권을 포기하는 게 아닌가? 지나간 어느 시대에 본토화의 열정이 최고조로 타올랐을 때* 나는 자아에 대한 이 사회의 이해가 너무나 얕고 편협하다고 생각했다. 당시 나 역시 나라와 친족, 이웃에 대한 절실한 관심이 도덕적으로 절박하다는 걸 열심히 고취하기는 했지만 시와 시의 성격을 논할 때면 은근한 고통을 느꼈다. 내 본심을 속여가며 얘기할 수밖에 없는 데에서 오는 자기분열의 고통이었다. 시의 특권과 아득하고 낯선 매력을 박탈하자고 어떻게 스스로를 설득하지? 그게 아니면 또 내 본성의 도덕적 요구를 시에 적용하지 말자고 어떻게 스스로를 설득하지?

거의 10년이 지나서야 나는 비로소 생각과 선택이 다 분명해졌다. 확실히 시가 존재하고 이 세상에 시가 필요한 건 우리가 익숙한 세상에서만 사는 걸 달가워하지 않기 때문이다. 과거의 기형적 발전 때문에 우리의 인식이 주변에 대해 소원해지고 황폐해지기는 했다. 하지만 우리는 그것 때문에 시를 벌할 수 없고 시와 시인이 모험을 떠나는 걸 막아서도 안 된다.

---

* 국민당 독재 시대인 1970~80년대에 타이완 문단에서는 서구 문학이나 대륙 문학과 차별되는 타이완 고유의 '향토 문학' 또는 '타이완 문학'의 정체성을 소재와 주제 의식의 '본토화'를 통해 확립하려는 여러 작가의 모색이 이어졌다.

알지도 이해하지도 못하고 영원히 그럴 생각도 없는 눈 덮인 산으로 모험을 떠나는 것, 그게 바로 시와 시인의 박탈할 수 없는 특권이다.

어지러움 속에서 길을 찾도록

백사장이 잠기고 달무리가 솟기 전
난 이미 나무와 눈물과 진리를 생각해 봤다
눈물 흘리듯 폭우 오는 숲에서
통곡 후 멍하니 텅 빈
변명할 길 없는 운명 속에서……

이것은 열여덟 살이던 해의 여름, 피곤해서 잠도 안 오는 밤을 보내고 고개를 들어 새벽녘 먼 하늘의 구름에서 본 시다. 불가능한 경험이라 잊을 수 없다.

그때 나는 이미 많은 시를 써 보았고 내가 천재형 시인이 아니라는 것도 알고 있었다. 그래서 당나라 시인 이하李賀의 어느 일화를 남몰래 좋아했다. 그는 나귀를 타고 흔들흔들 길거리를 가다가 문득 시 한두 구절이 떠오르면 즉석에서 급히 적어 짐 보따리에 넣었다고 한다. 이하에게 나귀와 길거리가 필요했던 건 그가 붓으로 미처

다 베껴 적을 수 없을 만큼 많은 시를 읊어 주는, 마치 계시처럼 머릿속을 울리는 목소리를 못 들었기 때문이라고 생각했다. 천재 시인이라면 당연히 그런 목소리를 들을 것이었다. 이하는 그런 목소리를 못 들었기 때문에 행인을 보고, 간판을 보고, 버드나무나 모래바람을 봐야 겨우 시구가 떠올랐다.

　나도 그 목소리가 안 들렸으므로 부단히 책을 읽고 다른 사람이 쓴 시를 읽으면서 내 시구를 배열하고 정련해야 했다. 한번은 내게도 그 초월적인 목소리가 들리는 것처럼 가장하고 싶었던 적도 있었다. 실은 전날 밤 고심해서 쓰고 외운 시를 즉석에서 쓱쓱 써 내려가는 시늉을 하고 싶었던 것이다. 하지만 금세 그런 행동이 얼마나 무료하고 무의미한지 깨달았다. 나 자신 말고 다른 누구에게 그런 걸 가장해 보여 준단 말인가.

　하지만 그날 새벽, 피곤해서 잠도 안 오는 밤을 보내고 나는 정말 그 다섯 행의 시가 멀리 하늘 위에 떠 있는 걸 보았다. 물론 불면과 피로가 만들어 낸 환영이었을 테지만 너무나 생생했다. 그건 추상적인 문구였으나 한 획한 획이 명확한 형상을 이루고 있었다. 더 불가해한 건그 글씨체가 열여덟 살의 내가 쓴 것보다 훨씬 유치해 보였다는 것이다. 서툰 글씨를 억지로 쓴 느낌이었는데 그 서툶이 차마 똑바로 봐줄 수가 없을 정도였다. 하지만 그 와중에 신선함과 흥분이 느껴졌다.

그 글씨체는 단지 시에 그치지 않았고 왜인지 나를 계속 성가시게 했다. 다자에서 해안선을 따라 타이베이로 돌아오는 기차에서 나는 여러 번 잠이 들 뻔했는데, 그때마다 꿈과 생시 사이의 관문을 바로 그 글씨체가 가로막고 있었다. 내 것인 듯도 하고 아닌 듯도 한 그 글씨체가 거듭 나를 깨웠다.

나는 그보다 훨씬 이전에 처음으로 글자를 접하고 또 글자 다루는 법을 배우던 어릴 적 심경으로, 이미 완전히 잊어버리고 또 잃어버렸다고 생각했던 상태로 돌아간 듯했다. "그 시절에는…… 철자가 비뚤비뚤 써질 때마다 자부심 속에 아름다움이 표현되었다. 그 시절에는 글자를 쓰는 게 일종의 드라마틱한 사건, 우리의 교양이 하나의 단어 안에서 수행하는 드라마틱한 사건이었다." 이것은 여러 해 후 가스통 바슐라르의 『몽상의 시학』에서 읽은 구절이다. 그렇다. 바로 그런 드라마틱한 시기였다.

그 다섯 행짜리 시 자체도 불가해했다. 내가 의식적

으로 창작한 다른 시구와 완전히 달라서 전후 맥락이 전혀 이해가 안 갔다. 어떻게 발상이 이뤄졌는지 알 수 없고 각 행의 배열과 이미지 간의 상호 관련성은 더더욱 오리무중이었다.

하지만 그것이 절대 다른 누구의 시일 수 없다는 건 분명했다. 내 시일 수밖에 없었다. 내 것이라는 표시가 너무 확실했기 때문이다. 그런 문장 구조, 즉 '나무와 눈물과 진리'의 삼각관계처럼 자연물과 인체의 일부에 추상명사를 덧붙여 병렬하는 방식을 열여덟 살의 나는 즐겨 썼다. 또 병렬 후에 이어서 그것들을 둘씩 둘씩 결합해 돌아가며 문장을 이루게 하는 전개 방식도 열여덟 살의 나는 즐겨 썼다. 그리고 더 중요한 건 이 시를 읽자마자 내게서 느낄 수 있는 익숙함이 보였다는 것이었다.

명백히 내 것인데도 내게는 불가능해 보였다. 이게 가장 큰 신비이자 수수께끼였다. 비껴갈 수도 돌아서서 외면할 수도 없는 신비와 수수께끼였다. 순간 지금 고민하며 시를 읽고자 하는 우리가 직면한 가장 큰 문제의 답을 난 깨달았다. 만약 시가 난제이고 불가해하다면 어떻게 시의 좋고 나쁨을 판단할 수 있을까? 우리가 읽고도 이해 못하는 시는 나쁜 시인가? 이해도 못하는데 뭘 근거로 그게 나쁜 시라고 판단하는가? 그렇다면 이해 안 되고 이해할 수도 없는 시를 쓰면 나쁜 시라는 비판을 피해 갈 수 있나?

그때 내가 깨달은 건 시가 불가해할 수도 있지만 좋은 시라면 반드시 풍부한 암시를 제공해 어지러운 불가해 속에 이해 가능한 경로가 숨어 있음을 알게 해 준다는 사실이다. 좋은 시는 불가해 속에서도 애써 이해 가능한 것을 찾도록 우리를 유인하면서 자신의 신비와 수수께끼를 비껴갈 수도 돌아서서 외면할 수도 없게 만든다. 그것은 불가해함 속에서 이해 가능한 것을 찾도록 우리를 유혹한다. 우리가 시 안에 들어가면 시도 우리 안에 들어온다.

그때는 젊었다

(……) 그때는 젊었다. 정말 젊었다. 낮에 아무리
피곤했어도 자고 일어나면 거뜬했다. 당시 생산대의
어린 두 남녀가 결혼했을 때가 떠오른다. 다들
밤늦게까지 떠들썩하게 놀았는데 이튿날 날이 밝기도
전에 신부가 마당으로 달려 나와 혼자 고래고래
소리를 질렀다. 신랑이 밤새 자기와 여덟 번이나
했다고 고발했는데 그게 자랑인지 화풀이인지
알 수 없었다. 생산대 사람들은 모두 자기 방에서
낄낄거렸고, 신랑은 그래도 날이 밝자 괭이를 메고
산에 올라 웃고 떠들며 온종일 땅을 팠다. 이런 게
바로 젊음이다. (……) 젊으면 성질이 급하다. 젊으면
당연히 성질이 급하고 원기가 넘친다. 원기가 부족하면
발광을 하는데 젊을 때 발광하면 그래도 보기 좋지만
스물다섯이 넘었는데도 발광하면 다들 무시한다.
공자도 만년에 발광할 때가 있기는 했다. 하지만 그건

그가 살던 시대가 젊었기 때문이다.

이것은 아청阿城*이 한 말로 최근에 읽었다. 이걸 보니 오래전 읽은 플로베르의 『감정 교육』이 생각났다. 그 책의 맨 마지막에 이런 이야기가 나온다.

프레데릭은 오랜 친구인 델로리에를 만나 옛날 학창 시절을 추억한다. 그 시절 사람들이 '튀르키예 여인이 있는 곳'이라 부르던 장소가 있었다. 하지만 그 여인은 그저 이름이 조라이드 튀르크였을 뿐이다. 소문이 와전되어 다들 그녀가 이슬람교를 믿는 튀르키예인이라고 생각했고 그 결과 그녀가 연 유곽에는 매력적인 이국의 분위기가 더해졌다.

플로베르는 그곳을 이렇게 묘사했다. 하얀 드레스를 입고 뺨에 연지를 발랐으며 귀에는 긴 귀고리를 드리운 여자들이 행인이 지나갈 때면 습관적으로 창살을 톡톡 두드리고 밤이 되면 현관 계단에 서서 나직이 콧노래를 흥얼거렸다고.

젊은 프레데릭과 델로리에는 파마를 하러 가는 길에 어느 귀부인의 화원에 몰래 꽃을 따러 들어가 헤매던 중 '튀르키예 여인이 있는 곳'에 들어간다. 프레데릭은

---

* 영화 『부용진』과 『자객 섭은낭』의 시나리오작가로 유명한
중국 소설가 겸 극작가.

그곳의 한 여인에게 꽃을 바치려 했지만 더위와 두려움과 자책감 때문에, 그리고 선택할 수 있는 여자가 그렇게 많은 경우는 처음이었기에 그만 얼굴이 창백해져 한마디도 하지 못한다. 이에 창녀 무리는 깔깔 웃음을 터뜨렸고 프레데릭은 놀라서 줄행랑을 친다. 돈이 전부 프레데릭의 수중에 있었기 때문에 델로리에도 뒤따라 도망칠 수밖에 없었다. 사실 그들은 아무것도 한 게 없었지만 도망치는 그들을 본 사람이 있어서 유곽에 갔다는 소문은 그 지역에서 3년이 지나도록 사그라지지 않는다.

이 일을 떠올리며 마지막에 프레데릭은 "그때가 우리 인생에서 가장 즐거운 순간이었다"라고 말한다. 소설 전체의 결말에서 델로리에도 프레데릭의 말과 똑같이 역시 "그때가 우리 인생에서 가장 즐거운 순간이었다"라고 되풀이한다.

나는 고등학교를 졸업하던 해에 『감정 교육』을 읽었는데, 여러 해에 걸쳐 창녀들이 창살을 두드리고 나직이 콧노래를 흥얼거리는 이미지가 머릿속을 맴돌았다. 그래서 친구 몇 명하고 화시가華西街**에 가서 일부러 태연한 척 어두운 골목에 들어갔다가 결국 못 견디고 미친 듯이 달려 도망친 적도 있다. 그런데 도망치면서 우리는

** 지금은 타이베이 최대의 야시장이 있는 곳이지만 20세기 말까지 윤락가로 유명했다.

프레데릭과 델로리에가 느낀 즐거움은 전혀 못 느꼈다. 대신 전혀 예상치 못한 추레함에 놀라 도망친 것이었다. 하얀 드레스도 없고 나직한 노랫소리도 없었다. 이런 동경이 있었기 때문에 그 거리의 풍경과 소리를 견디기가 더 힘들었던 것 같다.

화시가에 다녀온 지 며칠 안 돼 우리는 중부로 여행을 갔다. 먼저 시터우溪頭에 갔지만 하룻밤만 묵고 바로 떠났다. 시터우에서는 정말로 재밌는 걸 못 찾겠다는 생각이 들었기 때문이다. 우리는 이 도시에서 저 도시로 여러 날을 헤매다가 다자大甲에 도착했다. 거기 식당에서 맛있는 굴국을 먹는데 주인이 가까운 다안大安에 해수욕장이 있으며 다자에서 가장 끝내주는 건 수박이라고 말해 주었다. 그래서 그날 밤 우리는 각자 한 손에 수박 한 개씩을 들고 다안 해변까지 걸어갔다.

그 길이 얼마나 멀었는지는 이미 기억이 안 난다. 기억나는 건 도착했을 때 기진맥진했던 것과 도착하고 나서야 밤에는 해수욕장을 닫는다는 사실을 알았다는 것뿐이다. 게다가 이미 수많은 기차역과 놀이공원을 몰래 드나들고 학교 담장을 무수히 넘나든 우리도 그 해수욕장은 파고들 틈을 찾지 못했다. 우리는 그곳에서 불이 켜

진 유일한 곳에, 그러니까 파출소 앞에 주저앉아 무료하게 수박이나 깨 먹을 수밖에 없었다. 유일하게 눈에 보인 풍경은 똑같이 무료해하면서도 우리가 나눠 준 수박을 거절한 경찰 말고는 하늘의 기괴한 바다 구름뿐이었다.

우리는 바다 구름을 마주한 채 이야기를 나눴다. 그러다가 날이 밝아올 때가 돼서야 무거운 발을 끌며 다안 기차역으로 향했다. 기차를 기다리던 우리는 너무 피곤해서 눈이 안 떠졌는데, 갑자기 H가 나를 부르더니 잠꼬대 비슷하게 말했다.

"봤어. 하늘에서 시를 봤어. 이상한 시였어."

나는 힘껏 눈을 떴고, 해가 곧 솟아오를 새벽하늘에서 정말로 시를 느꼈다. 알지만 말할 수도 쓸 수도 없는 시였다. 그건 설명할 수도 설명할 필요도 없는 작은 기적 같았다. 젊음의 기적이었다.

그것은 우리 인생에서 가장 즐거운 순간이었다. 젊고 기운찼으며, 시가 있었기 때문이다.

산책을 하며 생각한 깃들

당신은 내게 어떤 길을 좋아하느냐고 물었다. 이건 대답하기 어려운 질문이다. 답을 찾기 힘들어 곤란해서가 아니다. 오히려 당신의 질문을 듣자마자 내 머릿속에는 어느새 길거리에 즐비하게 늘어선 간판이 떠오르고 바람에 큰 잎이 들썩이는 단풍나무가 보였다. 나는 내 답이 무엇인지 금세 알아챘다. 사실 진짜 어려운 건 내가 왜 그런 길을 좋아하는지 설명하고 당신을 이해시키는 것이다. 그리고 더 어려운 건 그토록 오랜 세월이 흘렀는데도 다시 그런 길을 걷는 기쁘고 신기한 감각을 되찾는 것이다.

내가 산책을 가장 사랑하고 많이 했던 때는 고등학교부터 대학교 시절이다. 두 노선이 나를 사로잡았다. 한 노선은 내가 다니던 고등학교에서 타이베이 기차역까지 이어지는 충칭重慶남로였다. 그 길에는 우리가 가장 싫어하면서도 궁금해한 여학교와 가장 무서워하면서도 궁금해한 총통부 그리고 가장 좋아하면서도 궁금해한, 줄줄이 늘어선 서점이 있었다. 나는 당연하게도 그 서점을 드나드는 게 가장 즐거워서 중독될 지경이었다. 진스탕金石堂, 허자런何嘉仁, 청핀誠品*이 아직 생기기 전인 1970년대 말, 충칭남로에는 무슨 책이든 다 파는 젠훙建宏서점, 싼민三民서국 외에 낡고 고풍스러운 중화서국, 스제世界서국, 상우商務인서관, 새로 지었는데도 고풍스러운 허뤄河洛서국도 있었다. 중국 전통 서적을 팔던 그 서점들 문가의 베란다 밑에는 암암리에 열기를 뿜던, 아무리 탄압해도 물러서는 법이 없던 반정부 잡지가 있었다. 그때 충칭남로를 다녀오고 나면 뭐라 형용할 수 없고 무엇과 비교할 수도 없는 자극과 흥분을 느꼈다.

나는 충칭남로 외에 버스를 타고 집에 가다가 세 정거장 전에 미리 내려 걸어가는 길도 좋아했다. 둔화敦化북로에서 창겅長庚 병원과 타이쑤台塑 빌딩을 지나, 퇴근시간에도 차가 밀릴 리 없는 민성民生동로를 걸었다. 그 길에는 별로 특별한 게 없었다. 다른 길에도 다 있는 자동차, 행인, 안전섬, 인도의 가로수, 나무 위의 바람 소리, 높디높은 오피스빌딩, 납작한 공동주택 단지 등만 눈에 띄었다.

---

* 각기 1982년, 1983년, 1989년에 설립된 타이완의 프랜차이즈 온오프라인 서점이다.

하지만 난 그 길에 홀딱 반했다! 그 길의 유혹에 저항할 수 없었다. 고등학교 때는 0동東번 버스, 대학교 때는 254번 버스를 타고 가다 둔화북로에만 닿으면 안 내릴 재간이 없었다. 겨우 비집고 탄 버스이고 후끈대고 끈적이는 몸들로 꽉 차 있는데도 어떻게든 내리고야 말았다. 집에 서둘러 가야 해서 그 길을 못 걸으면 온종일 기분이 안 좋았다.

그건 순수한 산책 욕망이었다. 그걸 넘어서는 동기는 조금도 섞여 있지 않았다. 순수해서 소중하다고 당시 난 스스로 결론을 내렸다. 하지만 그렇다면 정말 중요한 건 산책 그 자체이니 길은 도구나 수단에 불과해야 했다. 그런데 난 그 길이 다른 길과 다르다고 똑똑히 느꼈다. 자동차, 행인, 나무, 바람 소리, 고층 빌딩, 공동주택뿐인 그 거리 풍경에 분명히 어떤 특별한 의미가 있었다. 전적으로 도구나 수단에 그치지 않았다.

그러다가 훗날 사진작가 앙리 카르티에 브레송의 한마디를 접했다. "초현실주의자는 혼자 정처 없이 거리를 걸을 때도 어떤 면밀하고 진지한 경각심을 갖고서 돌연히 나타나는 디테일을 언제라도 포착할 준비가 돼 있다. 그것은 평범한 일상적 경험의 표면 밑에 숨어 있는 놀랍고 두려운 실상의 디테일이다."

나는 문득 대단히 중요한 두 가지 사실을 깨달았다. 첫 번째로 나는 소년 시절 그 길을 걸을 때 사실 산책을 했던 게 아니었다. 감관과 사고를 총동원한 채 본래 익숙하기 그지없는 풍경에서 놀랍고 두려운 실상이 습격해 오길 기다리고 또 기대하고 있었다. 내게 그 길이 필요했던 건 오직 그 길을 통해 내가 목적지와 계속 동떨어진 관계를 유지하는 동시에 진정으로 혼자가 될 수 있고 또 한 명의 관찰자 겸 감지자로 진화하거나 퇴화할 수 있었기 때문이다.

두 번째 중요한 사실은 그 길을 걷던 내가 초현실주의자에 가까워지고 초현실주의자로 진화하거나 퇴화했던 게 사실 그 시기에 시를 가까이했기 때문이라는 것이다. 윙윙대는 바람 소리를 들으며 집에 돌아오면 방문을 닫고 미친 듯이 시를 썼다. 내가 인지한 시 속의 현실을, 남들의 초현실을 썼다.

신에게서 벗어나 신에게 도전하는 자유

차가 둔화북로를 지나 공항로를 타고 남쪽으로 가는데 돌연 눈앞에 거대한 그림이 우뚝 솟았다. 반고흐의 그림이 한 빌딩의 외벽으로 변하여 대담하고 거의 오만방자하게 화려한 색깔을 뽐내고 있었다. 한 블록을 더 가자 바더로八德路 입구의 여러 간판에 역시 네덜란드 은행이 협찬하고 기증한 빈센트 반고흐 그림의 복제품이 걸려 있었다. 고흐가 타이베이 거리 풍경의 일부가 된 것이다. 고흐는 놀랄 필요도, 이상해할 필요도 없이 우리 생활의 일부가 되었다.

30년 전 위광중余光中*이 번역한 『반고흐전』이 처음 타이완에 등장했을 때만 해도 우리에게 고흐는 낯설고 기괴한 이름이었다. 그런데 더 낯설고 기괴했던 건 그가 펼쳐낸 시각 세계였다. 그 세계는 전혀 현실 세계를 닮지 않았다. 고흐가 그린 별하늘을 보면 우리는 그게 별하늘임을 직관적으로 알기는 했지만, 캔버스 속 그 별하늘의

---

* 타이완의 시인, 작가. 홍콩과 타이완의 여러 대학에서 오래 교편을 잡았다. 일찍이 타이완의 현대시 논쟁과 향토문학 논쟁에 참여했다.

자연 같지 않은 부분을 직관적으로 싫어하기도 했다. 그런데『반고흐전』이 우리에게 중요한 정보를 알려 주었다. 아, 알고 보니 고흐는 정신이상자였구나! 그래서 그가 보는 세계는 우리와 달랐구나. 그의 캔버스 속 별하늘의 존재하지 않고 존재해서도 안 되는 빛의 소용돌이는 정신이상자의 아물아물한 눈에만 보인 광란의 형상이었구나.

『반고흐전』은 사실 더 많은 걸 알려 준다. 가장 중요한 건 고흐가 자신의 광기 어린 그림으로 현대 회화, 나아가 현대의 의식에까지 혁명적인 충격을 주었다는 것이다. 이제 우리는 신의 조수로서 캔버스에 신이 창조한 사물과 풍경을 배치하고 장식하지 않아도 될 것 같았다. 도리어 우리 자신이 신이 되어 자신의 세계를 창조할 수 있게 되었다. 심지어 직접 신에게 도전하는 역할을 맡아 신의 작품을 어지럽히고 재구성해 별개의 가능한 질서를 만들어 냈다. 고흐는 자신의 정신병과 대담하게 채색한 광란의 작품으로 인류에게 시각적으로 신에게서 벗어나고 신에게 도전하는 자유를 가져다준 셈이다.

그렇다. 고흐의 그림은 새로운 자유다. 거리에 걸린 고흐의 그림은 이 사회가 30년 전과 비교해 어떤 새로운 자유를 깨닫고 익혔음을 증명한다. 더 중요한 건 이 사회가 이런 시각적 자유와 관련한 일련의 메커니즘과 파이프라인을 구축했다는 것이다.

지금 우리는 다른 문화, 다른 시대에 창조된 시각적 자유와 접촉하려고 전시회를 꾸린다. 미술관, 박물관이 매스미디어와 긴밀히 손잡고서 홍보로 인파를 끌어들이고 해설로 소통하며 반강제 반유도로 이 사회의 대중이 더 많은 것을 보고 더 많은 시각적 가능성을 해방하게 한다.

이것은 중대한 진보다. 차츰차츰 고흐를 모르는 사람이나 낯설게 여기는 사람이 줄어들어 고흐는 타이베이 생활의 일부가 되었다.

하지만 시각적 자유의 진보는 대조적으로 가치의 자유가 정체된 오늘날의 상황을 떠올리게 해 사람들을 탄식하게 하기도 한다. 예를 들어 모더니티 구축 당시의 회화처럼 강력한 해방 기능을 발휘하던 시, '자연의 가치'에 도전하고 그것을 재구성하는 걸 정신의 귀착점으로 삼았던 시는 여전히 사회 한구석에서 냉대받고 있어서 우리의 삶에 영향과 충격을 줄 기회도 파이프라인도 없다.

고흐의 그림은 신에게는 없는 어떤 열정을 보여 준다. 그리고 보들레르의 시는 본래 신이 우리에게 부여해 준 열정을 우리가 잃어 가고 있음을 거듭 깨우쳐 준다. 열정은 자유를 창조하는 기본 동력이다.

보들레르의 시집 『악의 꽃』의 서시 「독자에게」를 보면 처음부터 이 부도덕한 세상을 질책한다. 사람들은 어리석고 이기적이며 자기기만적인 데다 욕망이 가득하다. 게다가 이런 부도덕에 대해 우리는 그저 입으로만 뉘우친다고 둘러댈 뿐이다. 마귀의 유혹과 위로를 받으며 우리 인생의 여정은 한 걸음 한 걸음 악취 나는 지옥으로 걸어갈 뿐이라는 것이다.

더 잔인하게도 보들레르는 그런 부도덕한 삶이 우리에게 즐거움을 얼마나 가져다주느냐고 경고한다. 사실은 없다. 우리가 얻는 것이라고는 힘껏 쥐어짜 이미 말라 버린 귤처럼 서글픈 만족뿐이다. 우리는 살인범도 방화범도 절도범도 못 된다. 그럴 만한 배짱도 없기 때문이다.

이런 얘기는 다 도덕군자의 상투적인 이야기 같다. 하지만 펜 끝을 돌려 보들레르는 새로운 가르침을 제시한다. 모든 부도덕과 죄악은 그래도 가장 크고 추악한 어느 괴수에는 못 미치는데, 하품 한 번으로 세상 전체를 다 집어삼킬 수 있는 그 괴수는 바로 무료함과 냉담함과 열정의 상실, 즉 권태ennui다. 권태야말로 가장 무시무시하다. 그건 부도덕조차 무의미하게 만들기 때문이다. 모든 게 무의미해진다.

　　보들레르는 자신의 열정으로 모더니티의 한 가능성을 드러내고 또 어떤 모던한 자유를 열어 주었다. 그 가능성과 자유를 체험하고 감상할 기회가 있는 사람이 적은 게 아쉽다.

막을 수 없는 순수한 어둠

난 순수함을 사랑하거나 추구해 본 적은 없지만 적어도 시의 저변에 숨겨진 순수함에 대한 그 강력한 갈망을 어떻게 감상하고 존중해야 하는지는 안다.

젊은이들은 왜 내가 스스로 시인이 아니라고 거듭 이야기하고 또 소년 시절 시를 썼던 펜을 다시 못 드는지 이해하지 못한다. 그들이 이해 못하는 이유 중 일부는 아마도 나이 때문일 것이다. 그들처럼 나도 갓 스무 살이 넘었을 때는 내 삶에 주어지는 한계를 받아들일 수 없었다. 불길 같은 청년기에 우리는 삶의 가장 큰 의미와 심오한 힘이 도전을 받아들이는 데 있다고 생각하고 위축과 부정과 회피를 못 참는다. 이것을 난 충분히 이해할 수 있다.

하지만 내가 시를 읽고 사랑하면서도 시를 쓰지 않는 어정쩡한 상태로 나와 시의 관계를 조정한 건 진지한 고민 끝에 한 선택이었다. 시에 대해서도 나에 대해서도 한층 더 파고들어 얻은 명확한 답이었으므로 그건 위축과 부정이 아니고 회피도 아니었다.

　내가 또 훌륭한 시를 쓸 수 있을 거라고 누가 얘기해 주면 감사하기는 하다. 하지만 정말로 그건 내가 바라는 바가 아니다. 시를 쓴다면 훌륭한 시인이 될지도 모르고 심지어 후대에 남길 가치가 있는 시를 쓸 기회가 있을 수도 있다. 하지만 정말로 그건 내가 바라는 바가 아니다. 내가 신경 쓰이는 건 첫째, 내 개성 속에 있는 뿌리 깊은 기질이 사실 시의 정신에 저촉된다는 점이다. 그걸 초월하고 돌파하려면 나는 떠밀리듯 그 기질을 포기해야 한다.

　그중 하나는 바로 각양각색의 현상, 이치, 원칙, 경험에 대한 호기심이다. 그리고 나는 다원적인 삶의 활동을 보고, 받아들이고, 기록하길 좋아한다. 그 다양한 것 자체가 가치이자 성취라고 생각한다. 나는 그렇게 충동적이지 않으며 모든 다양한 것과 자잘한 것을 결합하고 귀납해 어떤 궁극적인 깨달음에 닿아 모든 걸 아우르는 것을 넘어 모든 걸 대체하는 신비한 빛을 찾고 도출해 내려 한다.

　그런데 훌륭한 시인이 가져야 할 야심과 의도는 따

로 있다. 훌륭한 시인은 자신만의 본능이 있어서 대단히 독특한 방식으로 수많은 문제를 가리고 추출해 마지막 유일한 답 또는 유일한 문제를 찾아낸다.

내가 두 번째로 신경 쓰이는 건 순수하지는 않지만 순수함을 이해하는 한 사람으로서 내가 스스로 무리해 시인이 되기보다 순수하지 않은 마음과 심정으로 시의 세계를 탐색하고 알기 쉽게 설명하는 게 낫지 않느냐는 것이다. 순수와 비순수의, 반은 비고 반은 꽉 찬 공간에서 오히려 유유자적 자유로울 수 있다.

끊임없이 시 그리고 시인과 대화하는 사람, 끊임없이 시를 통해 세계를 교란하고 경험하며 또 감관과 잡다한 자질로 시의 세계를 탐문하는 사람, 이런 사람이 바로 나다.

내가 스스로에게 부여한 자리는 이렇다. 타이완 곳곳이 정전이라 촛불이 가물거리며 깜박이던 어느 밤에 아마도 오직 나만 한 편의 시를, 책꽂이의 먼지 쌓인 한 구석에 조용히 누워 있는 이 시를 찾아 읽었다.

이 밤, 내가 사는 동네의 가로등이 또 자정에 정확히 전기가 끊겼다.

내가 열쇠를 꺼낼 때 마음씨 좋은 택시기사가
후진하는 김에 내 등에 차 머리를 겨누자 강렬한
불빛이 한 중년 남자의 짙은 그림자를 사정없이
철문에 비췄다. 내가 열쇠 꾸러미에서 정확히 열쇠
하나를 찾아 내 심장 부위를 겨눠 찔러 넣고 나서야
마음씨 좋은 택시기사는 차를 몰고 떠났다.
나도 드디어 내 심장에 꽂힌 열쇠를 살며시 끼익,
돌렸으며 이어 그 기민한 금속을 심장에서 뽑자마자
척, 문을 밀고 안으로 들어갔다. 얼마 안 돼 난 그 안의
어둠에 익숙해졌다.

이것은 상친商禽*의 산문시로 제목은 「열쇠」다. 시인
은 우리가 경험하는 각양각색의 어둠 중에서 가장 순수
하고 내적인 어둠을 시를 통해 찾아냈다. 막을 수도 거부
할 수도 없는 어둠이다.

---

* 문단의 귀재라 불리며 타이완의 초기 '현대시운동'을 이
끌었다. 추거(楚戈), 신위(辛鬱)와 함께 타이완 시단의 '삼
공'(三公)이라 불렸다.

즐겁게 계속 공을 물어 오는 강아지

어릴 적에는 좋아하는 시를 많이 외웠다. 하지만 내가 시를 외운 이유는 흔히들 추측하는 것과 다르다. 난 시를 외워야만 이해할 수 있다고 믿은 적 없고 그런 의견을 지지한 적도 없다. 여태껏 어떤 교육이나 교양 목적으로 시를 외운 적이 없으며 시를 외우면 알게 모르게 더 훌륭하고 고상하며 도덕적인 사람이 된다고 생각한 적도 전혀 없다. 요즘 많은 부모가 아이에게 '고전 읽기'를 시키고 당시唐詩 300수를 외우게 한다는데 나는 전혀 그런 적 없다. 그러나 예전에 이 시를 외운 적이 있다.

　시간이 맞아서 아파할 때, 난 생각했다, 내가 채찍
　　자국일 수도 있다고
　너의 손짓이, 처음 휘두른 걸 수도 있다고
　넌 팔을 뻗자마자 한 우주를 붙잡고
　번뜩였다, 매 같은 눈빛을, 성숙한 정적에서 매 같은

눈빛을
폭풍우 소리가 들리는 듯했다, 은은히 네 손가락
끝에서*

이 시도 예전에 외운 적이 있다.

검은색 그늘 속에서 내 그림자를 본다
그늘은 검은색 물속에 살짝 놓여 있다
이렇게 내 그림자를 보면 충분히 또렷하다
이것은 훌륭하다, 난 훌륭하다, 난 천년의 불길이 엉긴
흑수정**

이 시들을 보면 "배우고 때때로 익히면 또한 기쁘지 않은가? 벗이 멀리서 찾아와 주니 또한 기쁘지 않은가?"學而時習之, 不亦說乎? 有朋自遠方來, 不亦樂乎?나 "바다에서 온 외로운 기러기, 얕은 저수지도 못 쳐다보네"孤鴻海上來, 池潢不敢顧***와 얼마나 다른지 바로 알 것이다. 내가 옛날에 외운 적 있는 시는 운율이 없고 교훈적인 삶의 지침 같은 건 더더욱 없다. 기억하고 외우기 힘들뿐더러 외워

---

* 뤄푸의 「석실의 죽음」.
** 팡쓰(方思)의 「검은색」. 타이완 국립중앙도서관에 근무했던 팡쓰는 타이완 현대시의 초기 발기인 중 한 명이며 대표 시집으로 『시간』 『밤』이 있다.
*** 당나라 시인 장구령의 연작시 「감우」의 제4수.

봤자 어디에도 쓸모 있을 것 같지도 않다. 하지만 그 시들을 외운 건 한 번 또 한 번 되풀이해 암송할 때마다 큰 기쁨을 느꼈기 때문이다.

강아지와 공놀이하는 모습을 떠올려 보자. 공을 던지면 강아지는 흥분해서 달려가 공을 물어 온다. 다시 던져도 다시 물어 온다. 똑같은 동작을 계속 반복해도 강아지는 매번 똑같이 흥분하고 똑같이 즐거워한다. 여기에는 한계효용체감의 법칙이 적용되지 않으며 반복으로 인한 권태가 누적되지도 않는다.

자기가 좋아하는 시를 읽으면 사람은 공을 물어 오는 강아지가 돼 버린다. 여기에는 시 읽기에만 존재하는, 인간과 문자와 소리 간의 어떤 신비한 화학작용이 있다. 시가 지식이 아닌 건 지식은 흡수되기 때문이다. 우리가 지식을 한번 가져오면 그 지식을 제공한 원천에 거듭 돌아갈 리 없다. 또 시는 경험도 아니다. 경험은 반복될수록 신선한 느낌이 떨어져 흡인력을 잃는다.

강아지가 왜 공을 물어 오는 놀이를 계속하려 하는지 이해하지 못하면 왜 시를 읽고 또 읽는지도 이해하지 못한다. 시를 읽고 또 읽으면 결국 그 시는 우리 마음에 새겨진다. 글자 하나하나, 시행 하나하나, 심지어 빈칸

하나하나까지.

시가 기억에 새겨지면 시를 읽는 건 가장 편리한 즐거움이 된다. 난 수업 시간에 고개 숙여 시계를 볼 때마다 항상 뤼푸의 그 시가 생각나곤 했다. 그래서 무료한 수학 시간이면 칠판 가득한 X, Y, Z가 자취를 감추고 시간과 공간이 아직 분화되지 않은 태곳적이 눈앞에 펼쳐졌다. 나는 태곳적의 그 시간도 공간도 아닌 곳의 겁먹은 유랑자인 동시에 언제든 그 안에서 비바람을 일으키는 절대자로 변신할 수도 있었다. 마침 그 시간도 공간도 아닌 곳에는 내가 통제할 만한 일과 사람이 없었으므로 두려움과 권력이 기괴하게 결합하여 미미함과 위대함이 손가락 끝 폭풍우 소리 사이에서 신기하게 통일을 이뤘다.

또 다른 예를 들어 보겠다. 나는 어두운 밤에 길을 걸을 때면 앞에 인용한 팡쓰의 시구를 소리 내어 외우곤 한다. 그러면 본래 평범하고 공허했던 어둠이 분화되기 시작한다. 영화의 특수효과처럼 검은색 어둠 속에서 각양각색의 서로 다른 구역과 빛깔이 분화돼 나와 내가 찾아서 이름을 붙여 주기를 기다린다. 그러면 나는 그 흑수정을 찾아 '나'라고 이름을 붙여 주고 천년의 불길을 겪은 그것의 전생 이야기를 상상하기 시작한다.

그러므로 나는 수십 수백 편의 시를 갖고 살아가는 것이나 다름없다. 시는 기존의 모든 체계를 타파하고 혼란한 공간을 활짝 연다. 거기에서 소년이었던 나는 찾고 또 이름 붙였다. 찾고 이름 붙이는 건 성장 과정에서 얻을 수 있는 가장 큰 즐거움이다. 시는 모범 답안이 아직 없는 혼돈의 세계로 나를 데리고 들어갔다.

명명의 즐거움 ①

20여 년 전 미국 유학을 가자마자 내 영어 공부에 중대한 결함이 있다는 걸 깨달았다. 나는 영어로 쓰인 철학, 문학, 심지어 생물학 책까지 읽었다. 특히 매슈 아널드의 『교양과 무질서』 같은 19세기 영문 명저는 아주 가뿐하게 읽어 냈다. 하지만 1980년대 미국에서 생활하며 부딪히는 갖가지 자질구레한 일들 앞에서는 그만 눈이 휘둥그레지고 혀가 굳어 버렸다. 봐도 모르겠고 말도 안 나왔다.

기숙사에 들어간 첫날 첫 저녁 식사가 기억난다. 한가롭게 캠퍼스 잔디밭을 가로질러 아직 여름날 관광의 떠들썩한 분위기가 남아 있는 광장으로 갔다. 거기에서 가장 눈에 띄고 사람들이 많이 드나드는 패스트푸드점에 들어가 벽에 적힌 어떤 단어를 보자 한가로웠던 기분이 싹 가셨다. 난 그 단어를 알아보았고 그 단어가 뜻하는 음식을 먹고 싶었다. 그 단어의 표준 발음도 말할 수 있었다. 하지만 그런데도 저도 모르게 바짝 긴장했다. 그 단어는 '크루아상'croissant이었다. 읽어 본 적이 있긴 했지만 예전에 프랑스어를 배울 때뿐이었다. 또 뜻은 '초승달'이라고 배웠는데 이는 영어의 '크레센트'crescent에 해당했다. 이 단어로 초승달처럼 구부러진 모든 물건을 형용하고 부를 수 있는데 여기에 초승달 모양의 빵도 포함되는 것이다.

나는 미국 패스트푸드점에 나타난 그 프랑스어 단어가 여전히 프랑스어 발음으로 읽히는지, 아니면 내가 배운 적 없는 단순화된 미국식 발음으로 읽히는지(어쨌든 이 단어 안에는 가장 발음하기 힘든 'r'이 있다) 몰라 골치가 아팠다. 두근대는 심정으로 작전을 세웠다. 먼저 프랑스어로 발음하고 혹시 상대가 못 알아들으면 내가 짐작하는 미국식 발음으로 말할 셈이었다. 그래도 못 알아들으면? 그때는 손짓 발짓을 동원할 수밖에 없었다. 다행히 크루아상은 미국에 건너와서도 역시 크루아상이었다.

기숙사에 들어간 둘째 날에는 기숙사 옆 법학부에 있는 뷔페식당에서 아침을 먹었다. 뭐가 뭔지 알 필요 없이 음식을 식판에 담아 가기만 하면 바로 계산할 수 있었다. 난 케이크 같기도 하고 백설기 같기도 한 음식을 하나 집었는데 전에 한 번도 먹어 본 적이 없는 것이었다. 그래서 계산할 때 못 참고 카운터의 아가씨에게 그게 뭐냐고 물었더니 그녀는 경악하는 표정을 지었다. 내가 뻔뻔하게 다시 묻자 그제야 "머핀muffin, 그냥 머핀이에요"라고 답했다.

그녀는 분명 믿을 수 없었을 것이다. 난 정말 그 음식의 이름이 머핀인 걸 몰랐는데도 말이다. 그녀는 분명 그걸 믿을 수도 상상할 수도 없었을 것이다. 그날 온종일, 심지어 더워서 잠을 이루기 힘들었던 밤까지 그 머핀이라는 단어가 입과 머릿속에서 맴돌았다. 머핀이라는 소리와 음식을 확실히 짝지을 수 있는 그 아가씨로서는 아시아에서 온 어느 멍청한 젊은이가 왜 그 머핀이라는 소리에 사로잡혔는지 가늠하기 어려웠을 것이다.

무엇 때문인지 명확히 말하기 어렵지만 머핀이라는 소리에는 중국어에서는 절대 찾을 수 없는 어떤 재미가 있다는 느낌이 들었다. 연속되는 두 개의 유머러스한 단음이 그랬다. 그 소리와 실속 있고 넉넉한 그 음식이 서로 잘 안 맞는다는 느낌이 들기도 했다. 또 철자를 그렇게 들쑥날쑥하게 배열한 데에는 사람들이 첫눈에 못 알아보게 하는 어떤 암시가 있는 듯했다.

별안간 머핀이 그냥 머핀이 아니게 되었다. 머핀은 단지 다른 사람이 내게 알려 준, 사물에 대응하는 바꿀 수 없는 이름 그 이상이 되었다. 낯선 땅에서 낯선 사물과 마주친 결과, 어떤 특수하고 내적인 명명의 과정과 그 즐거움이 발생한 것이다. 이때 내 감수성과 사유는 내게만 속하는, 이 머핀이라는 이름과 관련된 일련의 복잡한 의미망을 구축해 냈다. 머핀은 이제 아침 식사가 아니라 그 실속 있고 넉넉한 음식을 둘러싼 일련의 시와 시학이 되었다. 그건 낯섦과 배고픔의 시와 시학이었다.

명명의 즐거움 ②

성경 창세기에서 하느님이 최초의 인간 아담을 창조하고 그에게 맡긴 최초의 일은 바로 만물에 이름을 짓는 것이었다. 성경의 기록에 따르면 하느님이 각종 사물을 보여 줄 때마다 아담이 어떤 소리를 내는 식으로 사물이 이름을 얻었다고 한다.

그런 명명 작업을 다 마친 아담은 기진맥진했다. 혼자 그렇게 많은 이름을 생각해 내느라 너무 힘들었을 거라고 보았는지 하느님은 그에게 긴 잠을 선사했다. 그리고 자는 그의 갈비뼈를 하나 빼서 최초의 여인 이브를 만들었다. 이브가 등장하고 나서는 이야기가 계속 전환된다. 뱀이 꼬드기고, 사과의 유혹이 있고, 아담과 이브가 몰래 금단의 과일을 먹어 하느님과의 관계를 깨는 바람에 에덴동산에서 쫓겨난다.

전체적으로 보면 인간과 하느님이 잘 지낸 시간은 매우 짧다. 더 중요한 것은 인간과 하느님이 정말로 함께

한 일이 그 1001가지 사물의 이름을 지은 것뿐이라는 사실이다. 하느님은 창조하고 아담은 이름을 지었다. 우주 창조에서 인간의 가장 중요한 임무이자 가장 대단한 성취는 바로 명명이었다. 기독교 전통에서는 인간이 하느님과 동등한 자격으로 만물의 생성과 발육에 참여할 수 없다. 인간이 궁극적인 창조 활동과 관련하여 유일하게 명명만이 적극적이고 능동적으로 참여할 수 있는 일이었다.

명명은 세계 창조에 버금가는 권력이지만 동시에 일반인은 누릴 기회를 갖기 힘든 권력이기도 하다. 왜냐하면 우리가 태어나기 전에 이 세계는 이미 언어 문자와 세상만사 사이의 지시 관계를 고정해 놓았기 때문이다. 그렇기에 언어는 가장 절대적인 다수의 폭력이다. 다수가 어떤 이름을 부르면 개인은 그걸 교정하고 다시 명명할 방법이 없다.

그런데 우리 내면에는 아담의 원형이 숨겨져 있다. 우리는 모두 태곳적으로 돌아갈 수 있기를, 기존 언어를 경유하지 않고 직접 자연을 대면하고 나아가 독자적으로 명명하는 아담식의 정황으로 돌아갈 수 있기를 몰래 갈망한다.

19세기 제국주의가 최고조에 달했을 때 눈에 띈 건 모험주의만이 아니었고 심지어 침략과 학살만도 아니었다. 적극적이고 열광적인 기록도 눈길을 끌었다. 그 기록들은 현지 원주민의 언어와 의견은 싹 무시하고 순전히 제국주의자의 관점과 문체로 신선한 이야기를 하나하나 써 나갔다.

그 이야기가 신선했던 건 기존의 명명 체계 안에서 새롭게 모으고 조합하는 방식을 찾아냈기 때문만이 아니었다. 그보다는 흥분 상태에서 스스로를 어떤 상상의 '아담식 정황'에 던져 넣었기 때문이다. 제국의 확장이 그렇게 사람들에게 매력적이었던 이유 중 하나는 아담이 가지 못한 곳에 가고 또 아담이 이름 붙이지 않았을 것 같은 사물에 이름 붙일 기회를 가질 수 있었기 때문이 아닐까?

하지만 이처럼 특이한 제국주의식 명명의 즐거움은 필경 덧없이 사라지는 기회일 수밖에 없었을뿐더러 정복자의 시각에서만 느낄 수 있는 것으로 피정복자에게는 이중의 고통스러운 비극이었다. 그들은 자유와 자율성 그리고 본래 익숙했던 일련의 인지, 담론, 소통의 메커니즘까지 상실하고 배가된 무력감을 떠안아야 했다.

모든 사람에게 내재된 '아담적인 충동'을 만족시키는 주된 힘은 제국주의의 난폭한 작태가 아니라 시다. 시라는 장르는 기존의 언어 규칙 안에 있긴 하지만 그 언어의 이미 정형화된 명명 방식을 대수롭지 않게 취급한다. 시는 낡은 시어와 시구를 이용해 새롭게 모든 사건과 사물에 접근하는데, 이것이 곧 시가 만들어 내는 모순과 긴장이라고 할 수 있다. 좋은 시는 이 모순과 긴장을 안에 숨긴 채로 표면에서 새로운 방법으로 명명하는 단순한 즐거움을 사람들이 읽어 내게 한다.

누군가 왜 많은 이들이 젊은 시절에, 심지어 나이가 아주 어릴 때 좋은 시를 쓰고 성장한 뒤에는 오히려 시의 정취나 예리함을 잃는지 물어본 적이 있다. 내가 생각하기에 그건 소년기에 우리가 세계 안에 있으면서도 아직 세계의 사물에 대해 안정적인 인상을 정립하지 못하는 것과 관련이 있는 듯하다. 소년이기에 언어 안에 있으면서도 미처 언어의 모든 규칙을 습득하지 못한다. 이런 애매한 위치가 시의 위치와 가장 잘 호응한다.

날아오고, 날아간다, 내 속눈썹 앞에서
사립문 밖, 후드득후드득 파도 소리

검은 옷 입은 사람이 구름! 폭우 오기 전

난 창 앞에 걸린 비 오는 풍경을 뗀다

오래된 오동나무를 뗀다

너를 뗀다

이것은 양무楊牧*가 열여덟 살 때 쓴「검은 옷 입은
사람」이다. 그는 아무 부끄러움도 머뭇거림도 없이 자기
가 들은 빗소리와 비 오는 풍경을 새롭게 명명했다. 그때
그는 사실 부끄러워하기도 하고 머뭇거리기도 했지만
말이다.

난 아주 훌륭하다고 생각한다.

---

* 타이완의 시인, 산문가, 교수, 출판인이며 대표 시집으로
『전설』『북두행』 등이 있다.

시의 거대한 용량

시는 당연히 감미롭지만은 않다. 나는 시가 어린아이를
속이는 데나 쓸모가 있으며 어린아이의 지적 수준 이상
의 시를 읽는 건 낭만이라는 말에 동의할 수 없다. 그런
경멸적인 말은 시의 본질을 모욕하고 어린아이의 지적
수준까지 모욕한다.

　내가 알기로 시에는 모종의 잔혹함 또는 공포가 존
재한다. 프랜시스 포드 코폴라 감독의 명작『대부』가 막
상영됐을 때 많은 영화평론가가 영화에 나타난 시적 의
미 또는 폭력의 시학을 언급한 바 있다. 감독이 가장 고
요하고 그윽한 분위기에서 폭력을 고조시키고 피비린내
를 풍기는 걸 즐겼기 때문이다. 그렇게 섬세한 대비를 시
도한 건 확실히 시적이다.

　여러 해 전 미국에 있을 때『도너 파티』라는 다큐멘
터리를 본 적이 있다. '도너 파티'Donner Party는 정당이
아니라 1846년 일리노이주를 떠나 캘리포니아로 이주

하려 했던 사람들을 뜻한다. 그들은 모두 87명이었으며 함께 포장마차를 타고 3천 킬로미터가 넘는 여정에 올랐다. 그중 가장 돈이 많았던 일가의 성이 '도너'여서 역사에서는 보통 그들을 '도너 파티'라고 부른다.

그들은 어떻게 역사에 이름을 남겼을까? 당시 서부 개척을 떠난 사람들 가운데 아마도 그들이 가장 불운했기 때문일 것이다. 그들이 가장 운 나쁘게 저지른 결정적 실수는 당시 젊은 탐험가였던 훗날 유명해진 랜스퍼드 헤이스팅스의 책을 믿은 것이었다. 그는 자기가 캘리포니아로 가는 지름길을 찾았으며 그 길로 가면 다른 길보다 400마일을 단축할 수 있다고 허풍을 쳤다.

도너 파티 사람들은 헤이스팅스가 일러 준 길을 택했다. 제일 먼저 부딪힌 문제는, 헤이스팅스는 말을 탔지만 그들은 커다란 포장마차를 탄 것에서 비롯되었다. 지름길의 어느 구간은 장장 58킬로미터에 걸쳐 관목 수풀이 무성해 포장마차로 지나는 건 그야말로 하늘을 오르는 것만큼 힘들었다. 또 소금호수와 사막을 가로지르다가 그들은 헤이스팅스가 알려 준 길이 예전 길보다 두 배 이상 멀다는 사실을 깨달았다. 결국 꼬박 닷새 동안 사막에서 물 한 방울 얻지 못하고 가진 물건을 거의 다 버리고서야 겨우 사막을 빠져나왔다. 그들은 그렇게 천신만고 끝에 캘리포니아 경계에 도착했고, 이제 산 하나만 넘으면 바로 새크라멘토 골짜기로 들어갈 수 있었다.

그들은 지름길로 가려다가 오히려 여러 날을 더 허비한 끝에 겨우 여정을 마쳤다. 캘리포니아 경계에 이르렀을 때는 이미 겨울의 초입이었다. 그들은 하룻밤 쉬고 이튿날 아침 바로 산을 넘어가기로 결정했다. 그런데 그날 밤 눈보라가 몰아쳐 삽시간에 눈이 60센티미터나 쌓였다. 그들은 가진 게 아무것도 없었고 눈과 비에 봉쇄된 거점을 벗어나기도 어려웠다. 호숫가에서 야영하며 억지로 버티는 수밖에 없었다.

그 겨울 동안 호숫가에는 눈이 7미터나 내렸다. 쌓인 눈이 2층 건물보다 높았다. 그들은 소를 잡아먹고, 개를 잡아먹고, 남겨 둔 말가죽도 먹어 치웠다. 마지막에는 죽은 동료의 시체까지 먹었다. 그러다가 남들은 집 안 난롯가에 둘러앉아 크리스마스를 축하할 때, 용기를 내어 15명의 의용대를 조직했다. 의용대는 눈보라를 무릅쓰고 산에 올랐고 그들 중 7명이 기적적으로 산을 넘어 인적을 찾았다. 캘리포니아 새크라멘토 골짜기의 사람들은 4개의 구조팀을 총동원해 호숫가에 남아 있던 사람들을 구출했다.

함께 출발한 87명 중 46명만 살아남았다. 나머지 사람은 전부 생환자의 배고픔을 해결해 준 식량이 되었다. 아주 무섭고 잔혹한 이야기이자 궁극의 비극이었다.

그 비참한 다큐멘터리를 보고 얼마 지나지 않아 나는 미국 서부 여행을 갈 기회가 생겼다. 요세미티로 가는 길이었는데 어느 호젓하고 수려한 호수에 눈길이 끌렸다. 차를 멈춘 뒤 호숫가를 산책하다 뒤늦게야 그 호수의 이름이 '도너호'인 걸 알았다. 나는 온몸에 소름이 돋고 몸서리가 쳐졌다. 어떤 소개 자료도 없었지만 거기가 바로 옛날 '도너 파티'가 불운하게 고립된 곳임을 알았다. 그들이 병들고, 신음하고, 숨이 끊기고, 한 조각씩 뜯겨 잡아먹힌 그곳.

다큐멘터리 속 광경과 눈앞의 호수, 산의 경치가 어지럽게 교차했다. 녹색 호수는 뜻밖에도 형용할 수 없이 아름다웠다. 정말 똑바로 쳐다보기 힘든, 잊을 수 없는 아름다움이었다. 아름다움과 전율이 공명했다.

내게는 그게 바로 시였다. 혹은 시를 통해서만 전달 가능한 느낌이었다. 또 그건 바로 감미로움 속에서 잔혹함과 공포를 아우르는 시의 거대한 용량이었다.

6개의 산과 6개의 달

나는 사람들이 현대사회에서 시가 처한 암울한 상황을 비관하는 게 이해가 간다. 또 하나의 장르로서 시에 대한 사람들의 의문도 이해한다. 그들은 시가 만능이 아니고 시가 건드리지 못하는 영혼이 건드릴 수 있는 영혼보다 훨씬 더 많으며, 시가 전달하지 못하는 감정이 당연히 훨씬 더 많다고 한다. 이런 의견은 전부 옳다. 하지만 나는 여전히 시가 사람들이 불만스럽게 지적하는 것보다 더 크고 넓다고 생각한다. 시는 정말로 큰 용량을 가졌다.

사람들은 시인이 기발한 걸 좋아해서 자기 길을 갈수록 좁게 만들고, 남이 안 써 본 걸 써야 해서 희한하고 괴상한, 기발함을 추종하는 시만 잔뜩 써낸다고 말한다. 이 의견에 백 퍼센트 동의하지는 못한다. 시의 창조와 이해에서 새로운 것과 낡은 것, 자아와 독자 사이에서의 망설임과 흔들림은 사람들의 생각보다 훨씬 복잡하다.

시인은 예술적으로 새로운 걸 창조할 의무가 있다.

그는 다른 사람이 말했거나 썼던 걸 베껴서는 안 되며 예전 사람의 틀과 기획을 힘껏 돌파해 자기만의 목소리를 내야 한다. 하지만 그건 결코 그가 찾은 목소리가 갈수록 괴팍해지고 인위적으로 변함을 뜻하지 않는다. 또 괴팍하고 인위적인 건 시의 어떤 보편적 스타일 혹은 사람을 질식시키는 속박으로 변하기도 한다. 그때 시인이 추구하는 새로움의 창조는 도리어 괴팍하고 인위적인 것을 버리고 대중적인 문법, 대중적인 어휘를 향해 돌아가는 것으로 변한다.

예를 들어 보자. 당나라는 중국 문학사상 시 형식의 자각이 가장 높았던 시대다. 당시 근체시(율시와 절구)가 발전한 건 어떤 의미에서는 시의 간결함에 대한 요구가 최고점에 달했기 때문이다. 시는 반드시 가장 짧은 분량 내에서 가장 정확하고 정제된 문자로 가장 많고 풍부한 정보를 전달해야 했다. 이런 사조의 영향으로 시 쓰기에 수많은 금기 사항이 생겼다. 같은 글자와 단어를 중복해 쓰면 안 되는 건 아주 기본적이고 엄격하기 이를 데 없는 최소한의 요구 조건이었다. 우리의 일반적인, 아름답지도 정확하지도 않고 느슨한 언어 속에는 중복되는 글자와 단어가 가득하므로 시는 반드시 자구를 정련해야 했다. 그렇게 짧고 제한적인 분량 안에서 그런 실수를 저지르는 건 무조건 피해야 했다.

하지만 그 시대의 가장 위대한 천재 이백은 내가 좋아하는 시 「장안에 들어가는 촉蜀 승려 안昱을 전송하는 아미산의 달 노래」에서 다음과 같이 썼다.

> 파동巴東의 삼협에 있을 때
> 서쪽 밝은 달 보며 아미산을 생각했다
> 달이 아미산을 나와 푸른 바다를 비추며
> 길게 만 리나 나를 따라왔다
> 황학루 앞에 달빛 밝을 때
> 그 속에서 그대 아미산의 손님을 만났는데
> 아미산 달이 다시 당신을 전송하니
> 바람은 서쪽으로 불어 장안 거리에 닿으리라
> 장안 대로가 구천 하늘을 가르고
> 아미산 달이 진천秦川을 비출 텐데
> 당신은 황금 사자로 된 높은 자리에 올라
> 백옥 주미麈尾*를 들고 현학을 논할 것이다
> 난 뜬구름처럼 오월吳越 땅에 머무는데
> 당신은 임금을 만나러 붉은 궁궐로 가니

---

* 명사가 강설할 때 쓰는 먼지떨이.

223

높은 명성을 한 번 도성 가득 떨치고
돌아와서 다시 아미산 달을 즐길 것이다

16구로 이뤄진 이 시에는 아미산을 뜻하는 '峨眉'가
모두 여섯 번 나오고 달을 뜻하는 '月'도 여섯 번 나온다.
시 전체가 '峨眉'와 '月'을 둘러싸고 조직되어 전혀 중복
을 피하지 않았을 뿐만 아니라 오히려 일부러 중복을 택
했다.

이백은 엄격하고 고지식한 근체시를 좋아하지 않았
다. 특히 율시를 안 좋아하기로 유명했다. 『이태백집』에
실린 천여 수의 시 가운데 율시는 8수뿐이다. 두보가 「추
흥」이라는 제목으로 연달아 율시 8수를 지은 것과 선명
히 대조된다. 이백은 상대적으로 율격이 자유로운 악부
樂府, 가행歌行 장르의 시를 가장 잘 지었다.

이백의 기발함은 굳이 글자를 경제적으로 아끼려
하지 않은 데 있다. 그럼으로써 시의 음악성을 크게 높였
다. '峨眉' '月' '峨眉山月'이 여러 번 출현하는 건 확실히
의미적인 고려보다는 음성적인 고려의 결과다. 하지만
중첩 단어가 자아내는 유창한 운율 덕분에 시 전체에 형
언할 수 없는 소탈한 분위기가 형성돼 거꾸로 시의 의미

결정에 영향을 준다.

　　이런 시는 과시적이고 이해하기 쉬울 뿐 아니라 입에 잘 붙어서 낭송 자체가 즐거움이다. 당시 시의 주류를 감안하면 경계를 넘어 시의 규칙을 파괴한 셈이지만, 그래도 이 시는 순수한 시의 정신을 잘 유지했다. 또 구어를 적절히 활용했지만 절대로 일반인이 아무렇게나 말할 수 있고 쓸 수 있는 정도는 아니다.

　　시의 요구와 규정은 새로움을 창조하는 과정에서 끊임없이 어려움과 쉬움, 엘리트와 프롤레타리아, 축소와 확장 사이를 변증법적으로 순환한다. 그건 사람들이 싫어하고 두려워하는 좁은 길로만 계속 나아갈 리 없고 그럴 수도 없다. 오래 좁은 길을 가면 반드시 대문을 통해 큰길로 넘어가게 마련이다. 하지만 변증법적으로 변화할 때마다 매번 이전 순환 단계의 원점으로만 돌아갈 리는 없다. 시인은 다양한 긴장과 이완의 방식을 끊임없이 개척하기 때문이다.

　　6개의 아미산과 6개의 달을 용납할 수 있었던 건 시의 이토록 큰 용량 덕분이다.

시간과 공간의 긴장과 압축

전에 자동차 충돌 테스트에 관한 다큐멘터리를 본 적이 있다. 어느 자동차 회사의 테스트센터였는지는 기억나지 않지만 어쨌든 자동차 회사마다 그런 곳이 있고, 게다가 모두 비슷하게 생겼다는 얘기를 들었다. 겉면이 철판인 거대한 직사각형 건물 안에 150미터가량의 트랙이 있고 트랙 끝에는 자동차가 충돌할 여러 모양의 콘크리트 덩어리가 놓여 있었다.

미국의 3대 자동차 회사는 하루 평균 약 2대의 자동차를 충돌 테스트로 박살 낸다. 맨 처음 화면에 나타난 건 테스트센터 안의 모습이었다. 어지럽고 을씨년스러웠으며 불길하고 불편한 느낌까지 들었다. 트랙의 칠이 닳아서 얼룩덜룩하고 콘크리트 덩어리의 모서리가 충돌로 부서진 상태였기 때문이다. 물론 더 으스스했던 건 트랙 가장자리에 흩어져 있는 각양각색의 변형된 자동차였다. 시청자는 그곳이 테스트센터이고 충돌 테스트를 할 때는 차에 진짜 사람이 탈 리 없다는 사실을 잘 알지만, 사고 현장에서나 볼 법한 자동차 잔해를 힐끗 본 것만으로 머릿속과 눈앞에 피와 비극에 관해 떠올린다.

벽에 일렬로 기대서 승차를 기다리는 더미들은 다양한 목적을 위해 저마다 다른 분장을 했다. 어떤 건 농구화를 신었고 어떤 건 넥타이를 맸으며 또 어떤 건 짙은 색조 화장을 했다(보통은 얼굴과 에어백의 충돌 시 힘을 받는 부위가 어딘지 테스트하기 위해서다). 그것을 보면 온몸에 소름이 돋지 않을 수 없다. 절대 무생물로 보이지 않기 때문이다. 생명이 있는지 없는지 판단하기 힘든 유령, 그것도 신분과 사연이 있는 유령 같다. 그래서 거기 앉아 자신의 신분과 사연을 털어놓으려고 기다리는 듯하다. 왜 누구는 나이키 에어조던2를 신고 누구는 연녹색 짙은 화장을 했을까? 그들은 도대체 어떤 저주를 받았기에 반복해서 치명적인 충돌을 당하며 죽음을 거듭 겪을까?

그러고 나서 테스트가 시작되었다. 한 무리의 과학자가 과학적인 용어를 써 가며 테스트의 항목과 조건을 논의했다. 자동차가 충돌하는 순간의 델타-V 지표는 얼마로 할까? 초기 충돌 각도는 얼마로, 또 진입과 진출 각도는 얼마로 할까? 그다음에는 엔지니어들이 기기를 조정하면서 현장은 천천히 과학의 질서와 그 질서가 가져온 미묘한 안정감에 녹아들었다. 유령도 과학의 지휘와 지시에 고분고분 따라야 했다.

진짜 테스트 시간이 되자 줄줄이 연결된 노란색 등이 반짝이고 트랙 위에 마치 무대효과처럼 등이 켜졌다. 충돌 지점 위의 스포트라이트에도 불이 들어왔다. 촬영기 열여섯 대가 작동하기 시작했다. 주변 사람들은 모두 숨을 죽였고, "5, 4, 3……" 하는 카운트다운 소리만 들렸다. 차가 달려 나갔고, 펑 하는 굉음과 함께 차체 구조가 100만 분의 몇 초 안에 크게 변했다. 동시에 차 안 앞좌석의 에어백 두 개가 진짜 번개 같은 속도로 팽창했다가 다시 줄어들었다. 모든 게, 시간과 공간도 다 압축되었다. 그렇게 빠르고 거대한 변화가 일어남으로써 본래 있었던 공백이 전부 제거된 듯했다. 대단히 응축되고 밀도 높은 경험이었다.

순식간에 본래 어지럽고 을씨년스러우며 불길하고 불편했던 환경에 순수한 미감이 분출되었다. 그건 사람의 영혼을 위협하는 아름다움이었다. 그 자리에 있던 사람이라면 아무리 냉정하고 과학적인 사유에 익숙해도 부인할 수 없는 미감이었다.

사실 내가 본 그 다큐멘터리가 신경 써 전하려는 메시지는 그런 충돌 테스트, 특히 에어백 테스트가 불필요하다는 걸 부각하는 것이었다. 왜냐하면 실제 교통사고에서 자동차가 그렇게 딱 맞게 똑바로 충돌할 리 없고, 따라서 앞좌석의 사람도 그렇게 딱 맞게 에어백 한가운데에 곤두박질칠 수 없기 때문이다. 다큐멘터리는 그 테스트의 관련자도 사실 자신이 하는 일이 현실과 맞지 않다는 걸 알고 있음을 보여 주었다. 그런데도 그들은 계속 똑같은 테스트를 되풀이해 역시 똑같은 수치를 얻었다.

왜 그런 걸까? 단순히 그들이 거짓으로 소비자를 속이려 한다고 생각하지는 않는다. 나는 분명 그들이 테스트 순간에 창조되는 아름다움에 매혹됐기 때문이라고 생각한다. 시공의 압축으로 만들어진 아름다움에 빠져 차마 그 아름다움의 탄생을 포기하지 못하는 것이리라.

그 아름다움은 어떤 의미에서 보면 시가 추구하는 경지와 무척이나 가깝다. 생략, 압축, 파괴, 장관, 순식간에 스치는 화려함 등이 겹친다. 게다가 시처럼 낭비적이고 또 시처럼 표면적인 핑계가 뭐든, 그게 얼마나 세속적이든 그 안에는 정말로 모든 사람을 휘어잡는 자극이 존재한다. 그들이 이해하든 말든, 또 인정하든 말든 그러하다.

시 때문이었다

웰즐리대학의 호반에서 T. S. 엘리엇의 「황무지」를 읽었던 기억이 난다.

그때는 찢어지게 가난한 유학 시절이어서 아무리 머리를 굴려도 재정 상태가 늘 마이너스였다. 영화 한 편 보는 것부터 슈퍼마켓에서 물건 사는 것까지 늘 돈을 아껴 써야 했다. 하지만 쪼들린다고 즐거운 일이 없는 건 아니었다.

평일에는 강가에서 산책을 하고 주말과 휴일에는 직접 만든 도시락을 들고 30분가량 차를 몰아 웰슬리대학에 갔다. 미국 동해안에 위치한 그 귀족 여자대학은 뭐라 형언하기 힘든 특별한 분위기가 있었다. 그건 어떤 평온함과 아늑함 그리고 그 평온함과 아늑함을 도저히 빼앗길 것 같지 않은 안전감이었다.

특히나 도서관 옆 공터에 서면 왼쪽은 프랭크 로이드 라이트가 디자인한 모더니즘 양식 건물의 대형 원형

창이고 정면은 호수 한가운데로 이어진 모래사장이며 오른쪽은 울창한 나무숲이었다. 햇빛과 물빛 그리고 도처에서 들려오는 자연의 소리가 교차하며 불가사의한 풍경을 이뤘다. 최고의 장관은 아니어도 최고로 완벽한 풍경으로, 더할 나위 없는 만족감을 내게 가져다주었다.

모래사장 끝 오솔길을 따라 숲에 들어가면 호수에 반사된 햇빛이 나뭇잎과 나뭇가지 사이로 비밀스럽게 반짝이며 정말로 환상적인 분위기를 자아냈다. 그러다 갑자기 좁은 모퉁이가 나왔는데 마치 숲속에 창문이 난 듯 호수 전체가 훤히 보였다. 호수 건너편의 경사진 풀밭은 자욱한 물안개에 가려 아른거리고 수평선은 연녹색, 진녹색, 진파란색, 연파란색으로 층층이 나뉘었다. 거기에서 줄줄이 놓인 나무 의자에 앉을 수도 있고, 누울 수도 있고, 나무 그늘을 품은 햇볕을 쬘 수도 있었다.

나는 의자에 앉아 수많은 책을 읽었다. 어느 주말 그리고 그다음 주말까지 역시 그 의자에서 엘리엇의 「황무지」를 읽기도 했다. 엘리엇은 「황무지」 서두에서 1세기 로마 궁정시인이었던 페트로니우스의 글을 인용한다. "나는 쿠마에의 무녀가 조롱 속에 매달려 있는 것을 내 눈으로 보았다. 아이들이 무녀에게 '무엇을 원해

요?'라고 묻자 그녀는 '난 죽고 싶어'라고 말했다."

쿠마에의 무녀는 정말 죽고 싶어 했다. 그녀는 아이네이아스를 도운 공을 인정받아 아폴로 신에게 영생의 특권을 얻었다. 하지만 영원히 젊게 해 달라고 부탁하는 걸 깜박한 탓에 계속 늙어 가는데도 죽을 수가 없었다.

내가 읽은 해설에서는 이 부분이 엘리엇의 시 전체에서 가장 핵심이라고 했다. 현대문명은 온통 황무지로 변하여 재생의 활력을 잃은 채 계속 늙어 가지만 무슨 저주를 받았는지 죽지도 못하고 피폐해질 대로 피폐해진 몸으로 계속 퇴화한다는 것이다.

해설에서는 또 엘리엇의 비관적인 생각이 슈펭글러의 『서양의 몰락』에서 영향을 받은 게 틀림없다고 했다. 문명도 자연의 생명처럼 생로병사를 거친다는 슈펭글러의 개념을 가져왔다는 것이다. 엘리엇도 슈펭글러처럼 현대사회가 서양 문명의 노쇠기를 대표한다고 믿었다. 그런데 슈펭글러보다 한 걸음 더 나아가 서양 문명이 늙었을 뿐 아니라 죽지도 않는다고 강조했다. "난 죽고 싶어." 죽고 싶어도 죽지 못하는 어두운 욕망이 엘리엇의 암울한 비극적 감정의 원천이었다.

「황무지」를 다 읽고 나는 『서양의 몰락』을 다시 읽

었다. 역시 똑같은 그 나무 의자에 앉아서. 아마도 「황무지」의 시구와 이미지가 여전히 머릿속에 맴돌고 있어서였는지 전에는 그냥 지나친 부분이 눈에 들어왔다. 그리고 뜻밖에도 『서양의 몰락』에 적힌 내용이 사실 역사도, 문명론도, 서양의 운명에 대한 예언도 아니고 시라는 사실을 깨달았다. 너무나 길지만 끊임없이 이어지는 한 편의 슬픈 노래였다.

나는 여태껏 비관적이었던 적이 없다. 세계가 계속 진보하는가에 대해서는 항상 의심하고 있지만 세계가 심연으로 추락한다고 믿어 본 적은 없다. 특히나 웰즐리대학 호반의 그 자족적인 시각의 향연에 둘러싸여 있었기 때문에 슬픔이나 위기감은 조금도 느껴지지 않았다.

「황무지」든 『서양의 몰락』이든 나를 설득하지도, 놀라게 하지도 못했다. 하지만 「황무지」와 『서양의 몰락』에 내재한 시적 의미의 섬세하고 정교한 아름다움으로 인해 나는 이 작품이 내 이성과 현실적 감수성에 어긋나는데도, 또 웰즐리대학 호반의 평온한 풍경 속에 있었는데도 세계 전체가 모든 걸 찌그러뜨리는 에너지를 지닌 블랙홀로 빨려 들어가는 상상을 했다.

시 때문이었다.

조용히, 천천히, 은밀하게

> 4월은 가장 잔인한 달, 죽은
> 땅에서 라일락을 키워 내고, 기억과
> 욕망을 뒤섞고, 봄비로
> 둔한 뿌리를 깨웠다

이것은 T. S. 엘리엇의 명시 「황무지」의 도입부다. 20여 년 전 이 구절과 처음 마주쳤을 때 제대로 이해한 건 아니지만 '멋지다'라는 느낌은 바로 왔다.

"4월은 가장 잔인한 달"이라니. 정말 대단하다. 맨 처음 이 한마디로 단호하면서도 어떠한 이론의 여지 없이 봄에 관한 모든 동화와 신화를 뒤엎어 버린다. 봄은 따뜻하고 생기 넘치며 온갖 새로운 희망을 가져다주는, 자애로운 어머니의 사랑 같은 것이어야 하는데 말이다.

그런데도 엘리엇은 시작하자마자 대뜸 "4월은 가장 잔인한 달"이라고 말한다. 심지어 뒤이어 시행을 전개해 우리를 설득하려 하지도 않는다. 이 시구는 교관보다, 대통령보다 더 높은 권위로 우리의 머릿속에 들어박힌다. 대체로 그 시대에 우리는 따뜻하고 힘을 북돋워 주는 주제에 어김없이 강한 염증과 불신을 느꼈다. 청춘의 전반기에 그토록 권위가 내리누르는 분위기에 처해 어머니의 사랑조차 의심하고 경계했다. 특히나 사회적으로 약속된 교육체계 내의 진리는 더더욱 의심하고 경계했다. 진리 뒤에 우리의 행동을 규제하는 교활한 면모가 숨어 있지는 않은지 의심했고, 진리가 부패해 우리의 활기찬 자아 확장을 방해하는 건 아닌지 경계했다.

그래도 다행히, 또 천만뜻밖에 시가 있었다. 천만뜻밖에 그토록 대담하게 '진리'에 도전할 수 있는 장르와 구절이 있었다. 4월, 봄, 라일락…… 우리는 마치 시인 엘리엇이 외치는 소리가 귀에 들리는 듯했다. "난 너희의 잔인한 수법에 당하지 않을 것이다!"

20여 년 후 다시 「황무지」를 읽으니 가슴이 뛰면서 천진하고 반항적이었던 젊은 시절이 떠올랐다. 하지만 지나간 인생의 갖가지 감정적 경험으로 난 시 속의 진짜 냉혹함을 더 분명하게 이해했고, 그래서 4월의 봄에 관한 그 어떤 따뜻한 의미에도 저항할 수 있었다. 20여 년 후 내 눈앞에서 계속 압력을 가하는 건 도리어 '뒤섞인 기억과 욕망', 그 무서운 인생의 막다른 골목이었다.

라일락을 엘리엇은 옛 기억의 재생으로 그렸다. 라일락이 드러낸 생명은 이미 멀어진 시간을 붙잡고 불멸의 것으로 만들려는 욕망이 되었다. 그것은 지나간 계절과 생명에 대한 욕망이다.

이것이야말로 잔인하다. 정말로 잔인하다. 이제 아무것도 되돌릴 수 없는데 우리는 기억 속에서 끝도 없이 샘물처럼 욕망을 퍼 올린다. 전에 생긴 일이 다시 생기기를 바라는가 하면, 아예 생긴 적이 없었기를 바란다. 기억과 뒤섞인 채 끝도 없이 밀려드는 그런 슬픔과 고통은 우리의 생명 속 라일락인데, 가장 심상치 않은 순간에 꿈틀거리며 멈추려 하지도 않고 멈추고 싶어 하지도 않는다.

기억이 순순히 사실대로 떠오르지 않는 건 항상 감정과 연관되기 때문이다. 그렇지 않으면 진작에 잊히고 만다. 바꿔 말해 기억 속에는 항상 욕망이, 영원히 만족을 모르는 욕망이 뒤섞여 있다. 허탕을 친 욕망은 구원받지 못하는 죄보다 더 사람들에게 용서받기 힘들다. 혹은 과거에 대한 그리움과 회한이 감당하는 고통 자체가 구원받지 못하는 죄악이다.

오직 시만 남고 시만이 유일한 구원이다. 기억에 대한 구원이고 처절한 비관과 아픔에 대한 포착과 해소다. 그래서 매번 기억과 욕망이 한데 뒤엉켜 누군가를 가장 깊은 심연으로 끌고 들어갈 때마다 시는 은밀한 곳에서 조용히, 그리고 천천히 솟아오른다. 가장 마음 아픈 사람이 보통 가장 좋은 시를 쓸 수 있고, 가장 외로운 사람이 보통 가장 많은 의미를 시에서 읽어 낼 수 있다.

너의 얼굴이 나를 피할 때는
달이 어두운 밤하늘에 숨은 듯하고
나는 별 같은 눈물을 흘린다
하지만 그 반짝이는 별들이 생겼어도
나의 밤은 여전히 어둡다

이것은 페르시아 시인 자미의 묘비에 새겨진 시다. 나는 아무 준비도 없이 아프가니스탄 탈레반 정권을 전문적으로 다룬 책에서 이 시를 읽었다. 순간 내 가장 깊숙한 곳의 슬픔이 흔들려 마음속에 잔인한 라일락이 가득 심겼다.

멀리서 노랫소리가 들리는 듯

정수썬鄭樹森 교수가 『멀리서 노랫소리가 들리는 듯』이
라는 책을 내게 선물했다. 내가 잘 아는 옥타비오 파스,
T. S. 엘리엇, 체슬라브 밀로즈, 이오시프 브로드스키부
터 겨우 이름만 들어 본 로버트 로웰, 오디세우스 엘리티
스까지 그리고 내가 전혀 몰랐던 토마스 트란스트뢰메
르와 마갈리 퀴노네스에 이르기까지 그가 여러 해 동안
번역한 23명의 현대 시인이 쓴 시가 실려 있었다. 책은
홍콩의 문학 동인 단체 '쑤예'素葉에서 출간했다.

그 책은 한정판 비매품으로 500부를 찍었고 내가
받은 건 340번째 책이었다. 쉽게 보기도, 찾기도 쉽지
않은 책이어서 몇 마디 설명할까 한다. 사실 나는 '멀리
서 노랫소리가 들리는 듯'이라는 이 책의 제목에 대해 진
심으로 이야기하고 싶다. 시의 성격과 내면의 목소리에
대한 나의 이해를 너무나 근사하게 드러내기 때문이다.

현대시와 전통시의 큰 차이 중 하나는 소리의 실연

방식에 있다. 옛날에 시는 중국에서든 서양에서든 소리를 최우선시했다. 시는 노래에서 비롯되었으므로 읊을 수도 있고 노래로 부를 수도 있었다. 소리의 배치도 전통시의 필수 고려 대상이었는데 운과 리듬을 뜻하는 율격을 고정해 놓았다. 재능은 모자라지만 시를 쓰고 싶고 또 써야 하는 사람에게 이것은 큰 도움이 되었다. 자전字典과 운서韻書에만 의지해도 빈칸을 채우듯 시를 짜맞출 수 있었다. 하지만 거꾸로 보면 이것은 재능이 넘치는 사람에게 가장 큰 제약이 되었다.

현대시는 이런 율격을 폐기해 소리를 무대에서 퇴장시켰다. 하지만 소리가 시에서 완전히 사라지는 일은 있을 수 없다. 어떤 문명권에서든 문자는 잠재적이지만 명확한 음가를 갖고 있다. 현대시는 더 이상 낭송이나 가창을 직접적으로 요구하지 않지만 문자를 한 행 한 행 배열하여 여전히 강한 음악성을 담고 있다.

이런 음악은 '멀리서 노랫소리가 들리는 듯'할 뿐이다. 분명하지 않고 들릴락 말락 해서 우리의 마음 깊은 곳에서 희미하게 울리는 느낌이다. 많은 경우 시의 음악은 우리 의식의 가장자리를 이리저리 돌아다닌다. 마치 '멀리서 노랫소리가 들리는 듯'하다. 이따금 바람에서 모호한 음표 몇 개를 포착하면 호기심이 발동하기도 한다. 그때 가장 중요한 건 그 음표의 암시를 열심히 경청하고 심지어 흩어진 음표 사이의 공백을 채워야 한다는 것이다. 그래야만 곡조를 찾아 노랫소리를 들을 수 있다.

시의 형식이 어떻게 변하든, 각양각색의 실험이 얼마나 전위적이고 대담하든 난 변함없이 시의 내적인 음악성을 중시한다. 시라는 텍스트의 두 가지 특성은 그 무엇도 초월하거나 대치하기 어렵다. 첫 번째는 시를 읽을 때의 선적인 구조다. 시는 처음과 끝이 있고 읽을 때도 반드시 순서가 있다. 그래서 시를 읽는 과정은 음악처럼 시간의 예술일 수밖에 없고 회화나 조각 같은 공간적 경험으로 전환되는 건 영원히 불가능하다. 두 번째는 시의 음성적 특성이다. 이른바 '이미지즘 시' 같은 실험이 있긴 했지만 시를 순수한 문자 배열로 바꾸고 시의 시간성과 음성성을 없애려는 경향은 어쨌든 주류가 되기 어려웠다.

소리는 시에 있어 또 하나의 중요한 창조적 요소로 시의 너비와 두께를 증가시킬 수 있다. 수많은 시와 시구가 단순히 문자의 의미적 측면에서는 평범하고 단조로운데도 대단히 매력적으로 다가오곤 한다. 그 이유를 자세히 따져 보면 보통 어떤 의미의 전환점에서 소리가 극적인 작용을 했기 때문이다.

하지만 내가 중시하고 신경 쓰는 시의 소리는 애매하고 내재적인 소리다. 그 소리는 유와 무 사이에 존재하고 청자 자신이 해석하고 상상할 수 있는 공간을 허용한다. 우리는 멀리서 정말 노랫소리가 들리는지 아닌지 확신하지 못한다. 그래서 어떤 사람이 어떤 소리로 어떤 곡을 부르는지도 당연히 확신하지 못한다. 우리는 추측하고 의심할 수밖에 없는데, 이런 까닭에 그 노랫소리는 독특하고 매력적으로 변하며 독자는 저마다 경청하며 서로 다른 노래를 듣는다.

그래서 난 시의 소리를 신경 쓰긴 하지만 좋아하지는 않는다. 심지어 어떤 형식의 시 낭송도 별로 참아 내지 못한다. 시 낭송은 어떤 형식이 됐든 멀리 퍼져야 하고 들릴락 말락 해야 할 노래를 우리 귓가에 큰 소리로 쏟아 낸다. 우리는 한 글자 한 글자 똑똑히 들을 수 있지만 소리에 대한 갈증과 호기심은 파괴되고 만다.

나는 멀리서 어렴풋이 들리는 노랫소리를 좋아한다. 이건 내 편견이자 편애다.

작품과 주의는 매우 골치 아픈 문제다

건축가 로버트 벤투리와 그의 아내(이자 그의 건축사무소 파트너였다) 데니스 스콧 브라운은 스티븐 아이즈너와 함께 1969년 『라스베이거스의 교훈』을 집필해 그 시대를 뒤흔들었다. 그들은 라스베이거스의 아름답고 화려하며 신기한 카지노 거리가 이미 진정한 미국 스타일의 상징이자 미국식 시각의 전범이 되었다고 생각했다. 마치 사람들이 로마 얘기만 나오면 바로크식 교회의 형상을 떠올리는 것처럼.

　‘라스베이거스의 교훈’은 물론 과장된 표현이었지만, 과장되었기에 사람들의 주의를 끌었다. 그런데 벤투리 등은 과장된 구호 외에 또 다른 동력을 제공하여 그 구호가 훗날 건축 스타일의 대변혁을 선도하게 했다. 그것은 당시 모더니즘 건축에 대한 보편적인 의심과 불만의 정서를 건드린 교묘한 도발이었다.

　사실 그보다 3년 전 벤투리는 이미 자신의 저서 『건

축의 복합성과 대립성』첫 페이지에서 대뜸 "적을수록 지루하다"Less is a bore고 밝힌 바 있다. 이 말은 당시 미국 건축계에서 가장 유명하고 존중받던 대가 루트비히 미스 반데어로에를 겨냥한 게 분명했다.

독일 출신인 그는 베를린에서 큰 성공을 거두었고 유명한 바우하우스의 교장을 역임하기도 했다. 그러다가 쉰두 살이 되던 해, 전쟁의 분위기 속에서 미국으로 건너갔다. 미스 반데어로에는 평생 영어를 유창하게 구사하지 못했다. 하지만 그의 작품은 모더니즘의 이념을 강력하게 표현했다. 그는 딱히 건축 이론을 남기지 않았지만 모더니즘의 가장 핵심적인 가치 개념인 "적을수록 풍요롭다"Less is more를 강조했다.

그의 배경과 작품에서 우리는 엘리트주의와 평민주의의 대립 및 혼합을 쉽게 발견할 수 있다. 우선 바우하우스의 전통과 간결하고 세련된 단서 및 구조에 대한 그의 이해와 연역적 추리에서는 그의 핵심적인 이상이 또렷하게 보인다. 그건 바로 번잡하고 과시적인 귀족 스타일을 타도, 제거하고 현대적 이성의 태도로 일반 소시민도 훌륭한 생활을, 밝고 깨끗하며 디자인 감각을 갖춘 생활을 누릴 수 있게 하는 것이었다. 하지만 그런 '현대 생활'을 제공하고 일반화하는 과정에서 그는 필연적으로 절대적 지도자의 태도를 보이기도 했다. 일반 시민의 전통과 취향에 대한 싫증과 경멸을 표현한 것이다.

벤투리는 미스 반데어로에를 적으로 돌렸다. 그는 정확하면서도 예리하게 미스 반데어로에가 대표하는 모더니즘의 간결한 스타일을 지적하면서, 그 스타일은 현대 생활의 복잡성과 갖가지 요소가 얽혀 생겨나는 충돌 및 아이러니를 반영할 수 없고 거기에 적응하지도 못한다고 했다. 나아가 모더니즘 건축은 현대 생활을 배반하고 억지로 자신의 미학으로 현대 생활을 통제, 제약한다고 주장했다.

그래서 '라스베이거스의 교훈'을 강조해야 했다. 미스 반데어로에 같은 모더니즘의 엘리트와 그들의 지도자적 태도를 배제하고 진정으로 보통 사람의 취향에 접근하고자 했다. 건축가의 임무는 자신의 미학적 의지로 현대 생활의 경직되고 통일된 면모를 강요하는 것이 아니라, 마음을 넓게 갖고 혼란과 다원성을 받아들이는 것이어야 했다. 현대 생활의 실체가 바로 혼란과 다원성이기 때문이다.

벤투리가 훗날 강력히 부인하며 선을 긋기는 했지

만 많은 사람들이 모더니즘과 결별한 그의 태도를 '포스트모더니즘 건축'의 시발점으로 보았다. 그리고 건축의 '포스트모더니즘 스타일'과 모든 '포스트모더니즘' 조류의 근원으로 삼기도 했다.

벤투리가 모더니즘과 결별한 태도는 매우 명확했다. 하지만 우리는 그가 왜 포스트모더니즘에 귀속되는 걸 극구 거부했는지 공감하고 이해할 수 있다. 가장 중요한 이유는 분명 그와 스콧 브라운이 설계한 작품이 포스트모더니즘과 정신적으로 매우 달라서 당시 포스트모더니즘 작품을 인정할 수 없었기 때문이었을 것이다.

사실 벤투리의 작품은 다른 포스트모더니즘 작품에 비해 더 '모던'해서 그가 반대한 미스 반데어로에의 스타일에 더 가까웠다. 또 벤투리가 존중받고 그의 발언과 의견이 영향력을 발휘했던 건 그의 작품이 그의 구호처럼 '라스베이거스의 교훈'에서 크게 배운 것 같지 않았기 때문이다. 기이하게도 만약 그가 정말 자신의 구호를 실천했다면 그의 작품은 진작에 잊혔을 것이고, 그라는 사람과 그의 구호도 지금까지 알려지지 못했을 것이다.

이것은 이론과 학파와 작품 사이의 복잡한 관계를 설명해 주는 극단적 예다. 만약 벤투리의 구호와 포스트모더니즘 이론을 이용한다면 우리는 도리어 그가 설계한 작품을 알아보기 어려울 것이다.

이것이 바로 내가 어떤 주의나 유파로 시인을 나눌 때 특별히 조심하고 망설이는 이유다. 동시에 각 유파와 주의를 이해하고 나서 시를 읽는 식의 태도도 경계한다.

작품과 주의는 매우 골치 아픈 문제다.

시에서 평범한 삶까지의 거리

프랑스 영화감독 에릭 로메르를 아는가? 그는 장뤼크 고다르나 프랑수아 트뤼포, 앙리 카르티에 브레송만큼 유명하지 않지만 몇몇 훌륭한 영화를 착실하게 만들었다. 본래 문학 교사였다가 나중에 영화평론을 시작했는데 그 동기는 매우 단순했다. 공정하고 객관적인 입장을 취하면서 은밀하면서도 적극적으로 '누벨바그' 감독들의 작품을 널리 알리기 위해서였다. 영화평론을 오래 하면서 그 감독들과 친해진 그는 자기도 영화를 찍기 시작했다.

그가 본격적으로 두각을 나타내며 영화계의 인정을 받은 건 이미 쉰 살이 됐을 때였다. 젊고 패기만만한 시기를 지났기 때문인지 그는 고다르의 『네 멋대로 해라』 같은 반항적인 청춘물도, 트뤼포의 『400번의 구타』 같은 천진한 소년의 수난기도 찍지 못했다. 다만 그는 다른 누벨바그 감독들보다 좀 더 침착하고 노련했다.

난 그의 영화가 시와 굉장히 가깝다고 느꼈다. 다시 말해 시의 형식이 아닌데도 시의 분위기가 확 느껴졌다. 정식으로 로메르의 영화를 보기 한참 전이었던 청소년 시절, 어느 책에서 영화 스틸사진 한 장을 본 적이 있다. 그 책은 이미 작고한 영화평론가 겸 감독 단한장但漢章 (본래 영화평론가였고 나중에 영화감독이 되었다. 상업 영화『암야』『원녀』등을 감독했다. 그의 경력은 로메르와 대단히 흡사하다!)이 쓴『영화의 뉴웨이브』로, 그가 『중국시보』에 연재한 칼럼을 묶어 낸 것이었다. 그의 칼럼은 '새로운 영화, 성애 영화'라는 제목으로『중국시보』에 처음 실렸다. 당시 분위기를 감안하면 세상을 발칵 뒤집어 놓을 만했다. 그러다가 나중에 너무나 많은 공격과 비판을 받고서야 한 발 물러나 밋밋하게 '영화의 뉴웨이브'로 제목을 고쳤다.

단한장의 책을 보고 난 머리가 멍해지면서 영화의 복잡성을 깨달았다. 하지만 더 중요한 건 그의 책에 대량으로 수록된 '성애 영화'의 스틸사진과 성 의제를 다룬 각종 영화 관련 서술이었다. 그것은 황량한 시대에 성장한 한 청소년의 호기심을 한층 더 만족시켰다.

내가 기억하는 단한장의 책에 수록된 스틸사진 하

나는 하반신에 목욕 수건을 두르고 상반신은 벌거벗은 여성의 뒷모습 사진이었다. 그리고 그 맞은편에서 단정한 복장의 남자가 한쪽 무릎을 꿇은 채 두 손을 벌거벗은 여성의 허리에 대고 있었다. 마치 조심스럽고 황송하게 몇 센티미터씩 목욕 수건을 벗겨 여체의 깊은 비밀을 드러내고 있는 듯했다. 남자의 표정은 탐욕스럽지 않았을 뿐 아니라 오히려 사색과 망설임에 빠져 있는 듯했고 약간은 숭배하는 것 같기도 했다. 여성의 등은 완벽하게 아름답지는 않았다. 여러 개의 검은 점이 선명하게 눈에 띄었다.

소년이었던 난 그 사진에 매료되었다. 욕정에 사로잡혀서 그런 건 절대 아니었다. 책에는 그것보다 더 대담한 노출 사진이 많았으니까. 또 얼굴조차 안 나온 사진 속 여배우에게 반했을 리도 없었다. 나도 대체 무엇에 매료됐는지 잘 몰랐다. 단지 그 책장을 넘길 때마다 가슴 떨리는 흥분을 억제하기 힘들다는 것만 알았다.

그 후로 아주 오랜 세월이 지나서야 그 영화의 제목이 『오후의 연정』이라는 걸 알았다. 또 오랜 세월이 지나 로메르의 영화를 다 보고 나서야 그 가슴 떨리는 흥분이 일종의 시적 암시에서 비롯되었음을 확실히 깨달았다.

로메르의 영화는 스토리가 아무리 통속적이고 느슨해도 시적 암시가 가득하다. 그 시적 암시는 무엇일까? 암시인 만큼 당연히 명확히 설명하기는 힘들다. 하지만 그것은 로메르의 또 다른 영화 제목에서 언급된 바 있다. 바로 『녹색 광선』이다. 쥘 베른의 소설 제목에서 따온 이 제목은 지극히 맑은 어느 날 황혼의 지극히 짧은 순간, 광선의 굴절로 생긴 형용할 수 없는 녹색 광선을 가리킨다. 어떤 사람이 운 좋게 그 녹색 광선을 보면 자신과 옆에 있는 사람 간의 진심을 환희 속에 깨닫게 된다.

　　형용할 수도 없고 번역할 수도 없는 황혼의 그 녹색 광선을 본 사람이 얼마나 될까? 번역할 수 없는 탓에 이 영화의 영어 제목은 『여름』으로 단순화되었다. 『녹색 광선』에서 『여름』까지가 바로 시에서 평범한 삶까지의 거리다.

옮긴이의 말
양자오는 왜 시인이 안 됐을까

오늘 메신저로 유유출판사에 연락했다. 타이완 위키피디아에서 양자오의 저서 목록을 확인한 직후였다.

"우리 더 분발해야겠어요. 유유에서 양자오 선생 책을 22권 냈잖아요."

"네, 그랬죠."

"양자오 선생이 낸 책이 모두 107권이에요."

말하는 나도, 듣는 출판사 직원도 짐작은 하고 있었지만 구체적으로 숫자를 접하자 정신이 멍해졌다. 양자오는 1963년생으로 올해 61세다. 첫 책을 낸 게 1987년 24세 때였으니 현재까지 37년간 연평균 2.89권의 책을 내 온 셈이다. 그래서였을까. 재작년 서울 모처에서 만난 타이완 콘텐츠진흥원의 여직원은 내 앞에서 양자오에 대해 딱 한마디로 평했다. "출판 대가입니다." 출판 대가? 문학 대가, 인문학 대가라는 소리는 들어 봤지만 출판 대가라니? 이 말에는 두 가지 함의가 있다. 하나는 양자오가 문학이나 인문학 어느 한 분야에 한정하기 어려울 만큼 전방위적 필자라는 것. 또 하나는 그의 저서가 타이완 출판계에서 어마어마한 영향력이 있다는 것. 작년만 해도 그가 2020년부터 출간해 온 『또 다른 중국사』 시리즈(총 14권) 중 여러 권이 1년 내내 베스트셀러 상위를 차지했다.

하지만 아무리 '전방위적인' '출판 대가'라고 해도 양자오에 대한 타이완과 한국 독자의 주된 이미지는 역시 '해설자'다. 역사든, 동서양 고전이든, 세계 명작 소설이든 그는 거침없이 여러 영역을 가로지르며 섬세하고 독창적인 해설을 시도해 왔다. 우리에게는 그런 '해설자 양자오'가 익숙하지 '창작자 양자오'는 시야에도, 기억에도 거의 없다. 하지만 양자오는 엄연히 창작자로 작가 인생을 시작했다.

1987년 4월 위안선출판사에서 나온 양자오의 첫 저서 『연꽃이 떨어지다』는 놀랍게 중단편소설집이다. 그는 1990년대와 2000년대에도 꾸준히 중단편소설을 창작해 2006년까지 모두 8권의 소설집을 출간했다. 이뿐만이 아니다. 소요되는 노력과 시간이 만만치 않은 장편소설도 1991년 『위대한 사랑』부터 2002년 『색소폰을 부는 혁명가』까지 3권을 썼다. 여기에 16권이나 되는 에세이까지 합치면 양자오는 창작자인 게 맞고 나아가 훌륭한 소설가라고도 말할 수 있다. 왜냐하면 그는 1990~1995년 사이에 자신의 소설로 연합신문 문학상 등 타이완의 유수한 문학상 8개를 휩쓴 바 있기 때문이다.

사실 이쯤 되면 양자오라는 인물이 도대체 책으로 안 내 본 글이 있을까 의아할 정도다(그는 별도로 극본집 1권과 번역서 2권도 출간한 적이 있다). 하지만 정신을 가다듬고 되짚어 보면 없지는 않다. 바로 시다. 오직 시만은 양자오가 아주 드물게 발을 디뎌 보지 않은 영역이다. 왜 그랬을까? 왜 양자오는 시인이 되려 하지 않았을까? 역사가, 고전 해설자, 소설가, 에세이스트, 음악평론가, 정치평론가 등등을 다 거쳐 놓고 왜 시인만은 되기를 피했을까? 따로 시론집 2권과 시 해설집 2권을 냈을 만큼 시에도 해박했는데, 또 고교 시절에 시 읽기와 시 쓰기에 골몰하여 훗날 "나는 언제나 시에 감사하며 살아왔다. 시는 내가 인생에서 길을 찾고 나만의 독특한 불안과 혼란을 똑바로 보게 해 주었다"라고 고백하기도 했는데 말이다. 이에 대해 양자오는 이 책에서 여러 번 다음과 같은 답을 내놓았다.

> 내가 시를 읽고 좋아하는 건 시가, 사물이나 언어에
> 극도로 민감한 시인의 그 작품이 나 대신 내 마음속의
> 가장 중요한 일을 말해 주기 때문이다. 나로서는
> 도저히 쓸 수 없는 시를 읽어야만, 이미 쓰인 시구를
> 인용해야만 비로소 나 자신의 생각을 이해하고 가늠할
> 수 있다. (……) 우리는 굳이 시인이 되어 시를 가질
> 필요가 없다. 시인이 아니어도 훨씬 더 많은, 자기가
> 쓰지 않았어도 자신과 너무나 가깝고 호응하는 시를
> 가질 수 있기 때문이다.

이 글에서 양자오는 '우리가 굳이 시를 쓰지 않고 시를 읽는 것만으로 시를 가질 수 있는 이유'에 대해 말한다. 시인이 쓴 '나로서는 도저히 쓸 수 없는 시'를 읽음으로써 나 자신의 생각을 이해하고 그 시를 내 것처럼 친근하게 느낄 수 있다는 것이다. 나는 이 부분을 번역하면서 이 글을 쓰던 순간의 양자오에게 감정이입을 했다. 그리고 그의 말인지 내 말인지 모를 한마디를 뇌까렸다. "'다른 사람은 도저히 쓸 수 없는 시'를 못 쓸 바에는 차라리

'나로서는 도저히 쓸 수 없는 시'를 읽는 게 낫지."

　양자오가 정말로 나와 같은 이유로 시인이 되기를 포기했는지는 확실치 않지만, 내가 지금 명예훼손(?)을 저지르고 있는지는 잘 모르겠지만 나는 다소 무모하게 그와 나를 동일시해 본다. 사실 시 애호가는 누구나 알게 모르게 마음속에 '심오하면서도 아름다운 보고', 시가 될 만한 원초적 시상을 품고 살아간다. 그들은 다른 시인의 시에서 우연히 그 시상이 구현된 걸 보고 감동하며 매료되곤 한다. 그런데 시인은 그것에 그치지 않는다. 자기가 직접 그 보고를 찾아 나서 보물을 찾아내고야 만다. 그리고 "그들이 발굴하고 묘사한 보물의 모양이 작품이 되어 구체적으로 백지 위 까만 글씨의 시로 적힌다". 시 애호가와 시인 사이의 간격은 겉보기에 무척 가까워 보인다. 하지만 둘 사이에 파인 고랑은 깊디깊어서 시 애호가가 절대로, 절대로 넘을 수 없다. 시에 대한 사랑도, 후천적인 학습과 훈련도 소용없다. 그런 걸로는 "다른 사람은 도저히 쓸 수 없는" 나만의 시를 쓸 수 없다.

　하지만 괜찮다. 시인이 될 수 없어도 괜찮다. 남의 시라도 자기 것처럼 느끼고, 사랑하고, 다른 사람에게 권할 수 있다면. 이게 양자오의 선택이 아니었을까. 존경할

만한 선택이다. 뼈아픈 좌절과 성찰이 필요한 선택이므
로. 나는 그러지 못했다.

교양으로서의 시
: 당신은 어느 날 그 시를 찾을 것이다

2024년 5월 4일   초판 1쇄 발행

지은이   **옮긴이**
양자오   김택규

펴낸이	**펴낸곳**	**등록**
조성웅	도서출판 유유	제406-2010-000032호 (2010년 4월 2일)
	주소	
	경기도 파주시 돌곶이길 180-38, 2층 (우편번호 10881)	

전화	**팩스**	**홈페이지**	**전자우편**
031-946-6869	0303-3444-4645	uupress.co.kr	uupress@gmail.com
	페이스북	**트위터**	**인스타그램**
	facebook.com	twitter.com	instagram.com
	/uupress	/uu_press	/uupress

편집	**디자인**	**조판**	**마케팅**
인수, 류현영	이기준	정은정	전민영
제작	**인쇄**	**제책**	**물류**
제이오	(주)민언프린텍	다온바인텍	책과일터

ISBN 979-11-6770-088-9 03800